DEIXO MEUS MILHÕES AO DIABO

António Neto Guerreiro

DEIXO MEUS MILHÕES AO DIABO

FACTASH EDITORA

São Paulo – 2012

Diagramação: Tarlei E. de Oliveira
Revisão: Luiz Gonzaga S. Neto
Editoração: Manoel dos Santos Silva
Ilustrador: Jaime Pina da Silveira
Capa: Suzana Santolim Uhr Pereira
suh.uhr172@gmail.com

Dados Internacionais de Catalogação na Publicação

Guerreiro, António Manuel Neto
Deixo meus milhões ao diabo. António Manuel Neto Guerreiro. São Paulo : Factash Editora, 2012.

16 x 23 cm. 257 p.
ISBN 978-85-89909-70-9

1. Literatura brasileira 2. Romance I. Título

CDD B869.3

netoguerreiro@superig.com.br
www.antonionetoguerreiro.com
facebook: ***www.facebook.com/autoranguerreiro***
twitter: ***twitter.com/Guerreiro_AN***

Factash Editora
Rua Costa, 35 – Consolação
Cep 01304-010 – São Paulo – SP
factash@gmail.com – Fone: (11) 3259-1915

Impresso no Brasil
Inverno de 2012

Sumário

Nota prévia

> "Toda a humanidade estaria condenada à morte se houvesse um tribunal para os crimes imaginários".
>
> *Paulo Bonfim*

Com esta máxima do grande poeta e filósofo brasileiro, eu tenho o prazer de apresentar este trabalho, que submeto à sutil e acurada apreciação do meu estimado leitor.

Deixo Meus Milhões ao Diabo é, antes de tudo, uma história fantástica como fantásticos são os meus personagens, ainda que, em certos momentos, ela nos remeta a uma fugaz realidade. Nada disso existiu ou aconteceu e seus protagonistas são mera ficção.

É uma história que pode ocorrer em nosso mundo. Seu universo dramático é formado por pessoas comuns que, por certo, devem existir por aí às dezenas, e quiçá, às centenas, cujas vidas deixam de ser relatadas porque jamais alcançaram a notoriedade.

Por isso, peço ao meu primeiro amigo que, ao ler este meu trabalho, lembre-se da comédia inédita que é a vida, e leia-o, se possível, rodeado de gente alegre, jovem e rica de espírito.

Ao meu segundo amigo, peço que, ao ler este livro, faça-o como recomendei ao primeiro, isto é, sem tirar nem pôr uma vírgula, porém rodeado de belas e graciosas mulheres, suas eternas amadas, cheias de fantasias e amor.

Para meu terceiro amigo, conclamo: "Siga fielmente os passos do primeiro e do segundo, porém, discretamente, sempre com as alegorias do aprendizado que se depreende das fábulas".

Aos outros milhares de amigos meus, encareço que façam tudo igualzinho ao primeiro, ao segundo e ao terceiro, e que nunca percam de vista o idealismo e a fantasia deste mundo fantástico, deste nosso tão desprezado e depredado planeta, astro sem luz própria, todavia azul e órfão entre as estrelas.

Vamos criar nosso próprio susto.

Vamos fantasiar, vamos filosofar, vamos sonhar!...

António Neto Guerreiro

Capítulo I

O mundo dos homens

Eu, terceiro filho de uma família de remediados comerciantes do sul de Portugal, vivia momentos de felicidade em nossa pequena, mas alegre comunidade. Estávamos nos fins de agosto. O calor era sufocante. Nas ruas desertas não via vivalma. A impressão era a de que toda a povoação estava no frescor das suas alcovas ou à sombra dos frondosos arvoredos das cercanias da vila, tirando a sesta.

Nesse tempo, tinha eu meus quinze anos e, precisamente nesta hora, ficara tomando conta do pequeno estabelecimento de vinhos do meu pai, enquanto ele fora almoçar. As pipas de vinho, empilhadas umas em cima das outras, deixavam vazar um odor a bafio de álcool fermentado que, de certa forma, incomodava. Em frente às duas portas do armazém, estendia-se um balcão comprido já enegrecido pelo uso e, numa das extremidades desse balcão, estava um barril com uma torneira de pau (usava-se este tipo de torneira para não estragar o vinho) e uma bandeja de folha-de-flandres, com vários copos vazios e lavados. Atrás do balcão, havia uma estante com algumas garrafas de diversas bebidas e, a um canto, alguns pacotes de cigarros, tendo esta estante dupla serventia: primeiro dividia o armazém em duas partes e, segundo, servia para acomodar as coisas acima elencadas.

Havia também uma gaiola à porta da entrada do estabelecimento onde dormitavam um canário e dois pintassilgos. O zumbido constante de moscas, que pousavam e decolavam nuns copos vazios deixados em cima de uma mesa da taberna, era tudo o que se podia ouvir naquele ambiente emoliente e quieto do salão. O sol escaldante do meio-dia, a solidão e a lassidão do ambiente também me deixavam indolente. Mas era uma indolência sonâmbula e lânguida porque eu sonhava fascinado com o baile do Grande Cassino da Praia da Rocha, onde na noite anterior tinha ido assistir a um show de gala, no qual se apresentaram Amália Rodrigues e Alberto Ribeiro. Sonhava enlevado com meu pensamento numa namoradinha minha e colega de estudos, que passava a época balnear naquela famosa e linda praia.

O meu pai deveria demorar-se algumas horas porque, após o almoço, ele iria fiscalizar uns trabalhadores braçais que amanhavam uma horta que nós tínhamos ali perto da vila. Entendia ele que eu já era capaz de tomar conta do estabelecimento, pela minha alacridade, pelo meu espírito progressista. E assim nesta sonolência, entediado, eu vi chegar à minha frente três homens muito bem vestidos, engravatados, de unhas polidas, mãos muito finas, trazendo cada um uma pasta na mão. E como se o estabelecimento deles fosse, adentraram pelo balcão privativo e num tom de voz autoritária perguntaram:

– Onde está o dono do estabelecimento? Com certeza não é você! Ou é?...

– Não, senhor! Não sou eu – respondi um pouco nervoso.

– Então quem é e onde está? Diga-nos rapidamente porque não temos tempo a perder, entendeu?

– Bem, o dono é o meu pai – disse eu. – Mas ele foi almoçar e só volta lá pelas quatro horas da tarde. Se eu pudesse atendê-los, seria um prazer!

– Mas você é o responsável? – indagou um que parecia ser o chefe. – Se você é o responsável, nós vamos proceder à fiscalização.

Aí eu tremi. Disse logo da minha incapacidade e que, de fato, o responsável era o meu pai.

– Sendo assim, disse o chefe, quando ele chegar diga-lhe que estiveram aqui os fiscais da Junta Nacional dos Vinhos e que logo mais às quatro horas estaremos aqui para fiscalizar a firma. Entendeu?...

– Sim, senhor – respondi, desejando ver aquela gente imponente e autoritária pelas costas. E aqueles homens sérios, engravatados e cheios de arrogância, assim como entraram, saíram sem cumprimento e consideração.

A magia do Poder

Ah, como eu gostaria de ser poderoso para poder ensinar àqueles homens prepotentes como deveriam tratar os seus semelhantes! Mas naquele tempo eu era apenas um rapazola sem nenhum conhecimento do mundo e nem preparo intelectual para me impor àquela postura indigna e irreverente daqueles energúmenos. Ainda que tivesse muita vontade de ser alguém na vida, o meio onde vivia não me proporcionava alcançar uma cultura superior. Na verdade, eu era ambicioso e tinha ímpetos de me ver glorificado e admirado pelos meus contemporâneos, invejado pelos meus inimigos, enfim, ser seguido pelos que se julgavam sábios. Contudo, via-me infinitamente insignificante, pequeno e analfabeto. Tinha, porém, ciência disso, conquanto soubesse da minha inteligência e da minha competência para subir os difíceis degraus da intelectualidade, embora quase impossíveis. Impossíveis porque naqueles tempos de ditadura salazarista, sentar nos bancos das faculdades era privilégio dos ricos e poderosos.

Pensando bem, o exercício do poder carrega consigo certo magnetismo de efeitos diabólicos no íntimo dos homens, o qual muito dificilmente se desgruda daqueles que o detêm. Raros são os que não se deixam embriagar nesta volúpia voraz que o poder arrasta consigo. É fato notório que a magia do poder carrega em seu bojo um fascínio tão inebriante e ávido, capaz de mover o homem a desprover-se daquilo que ele tem de mais sublime e gratificante, que é a honestidade, e trocá-la sem titubear pelo poder. Pelo poder, o homem é capaz de mentir, roubar, extorquir, delatar e matar, se necessário for. Esta magia que existe por traz de um mandato "seja ele conseguido através do voto universal ou por delegação arbitrária – tem o poder de alavancar pessoas, na sua grande maioria incompetentes, para ocupar cargos ou funções arrumadas segundo o perfil de seus titulares. E eu, que sempre tive na augusta família a imagem de um positivista "cujo lema se pautava pelo lado prático do ter ou não ter ao tangível, ao racional", resignei-me naquele momento à minha condição de filho de taberneiro, tendo como escudo emblemático um canudo do Curso Comercial, tirado a duras penas, numa constante exaltação à força de vontade, conseguido numa escola em Silves.

Neste momento de expectativa e angústia, com a pulga atrás da orelha por causa dos fiscais, eu esperava a hora de meu pai chegar. Confesso que aqueles minutos de espera me pareceram eternos e atrozes. Esta ansiedade crescia dentro de mim à medida que via os minutos passarem. Algo me dizia que o meu infeliz penar pelo mundo afora estava nas mãos daqueles homens soberbos e orgulhosos, contra os quais eu nada poderia fazer.

A hora marcada

No relógio da igreja matriz soaram as quatro horas da tarde e, como haviam prometido, os homens da fiscalização lá estavam de volta.

O meu pai também já havia chegado. Eu o avisara sobre aquela gente sobranceira e arrogante que ali estivera. Porém, como ele tinha todos os impostos pagos e a papelada em ordem, nem ligou para o que eu lhe disse. Pensou ele que fosse alguma fiscalização sobre impostos, jamais lhe passou pela ideia uma fiscalização sobre a qualidade dos produtos que vendíamos na taberna. Por isso, nem deu atenção àquilo que lhe informei.

Convém desde logo lembrar que com os senhores do poder não se pode brincar, de qualquer forma e sob qualquer pretexto e, em especial, com os poderosos fiscais. Sempre acham algo errado. E acharam! Ora se não haveriam de achar! Acharam uma pipa de vinho que teria se estragado. Isto é, azedara, virara vinagre. Pronto! Justamente caracterizando o que eles procuravam. Ora, os homens da lei não estavam com meias medidas: pegaram aquela pipa azedada e mais outras, com a ajuda de nossos inimigos gratuitos, que infelizmente sempre os temos (graças a Deus) entre a vasta turba que nos cerca e, numa ordem cheia de jactância, aquele que parecia ser o chefe arrematou peremptoriamente:

– Vamos, deitem este vinho fora! Todo ele está estragado, não serve para a venda ao público! Não serve para beber...

Meu venerável pai ainda esboçou uma tímida reação. Disse que por uma pipa estar azedada não significava que outras também estivessem e que ali havia vinho muito bom, que fosse feita uma melhor avaliação, uma inspeção mais completa. Enfim, reclamou, implorou, confabulou. Mas não serviram de nada os seus argumentos. E como ordenou o ostentoso fiscal, o vinho foi deitado à rua, como se fosse água suja da lavagem de copos. Assombrado, vi aquela enxurrada de vinho carrascão correr e transbordar pelas valetas da rua, vindo finalmente enfunilar-se nos bueiros, até atingir os detritos que corriam no barranco que cortava a vila ao meio.

Após esse ato bárbaro, com toda a razão, meu pai abominou em altos gritos o autoritarismo dos agentes do governo. Não era para menos. Por causa deste episódio, ele entrou em contato com um seu amigo que morava no Rio de Janeiro, implorou-lhe uma carta de chamada. Passados alguns meses deste incidente, já nos encontrávamos em terras brasileiras, onde eu, ainda sob forte emoção por ter perdido a minha namoradinha e os meus amigos de infância, chorava pelos cantos de nossa casa.

Já disse que eu era o terceiro filho de uma família de cinco irmãos e, com justo orgulho, acabara de concluir o curso comercial. Mas aquelas perdas, logo no limiar da minha juventude, provocaram em meu espírito e pensamento um complexo de inferioridade, me deixando como se fosse um vencido e, por que não dizer, um infeliz.

Onde está a felicidade?

Esta indagação vem muito a propósito. Voltaire, uma das melhores cabeças pensantes que o mundo já produziu, num dos muitos pensamentos seus, certa vez disse: *"Somos infelizes por aquilo que nos falta, mas não felizes pelas coisas que possuímos"*. Se observarmos com atenção a profundidade desta máxima, poderemos conjecturar: "Onde começa a felicidade e acaba a infelicidade, ou vice-versa?"

Naturalmente, quando o grande iluminista francês se referiu a possuir ou não possuir, subentendeu-se, salvo melhor juízo, que se referia a coisas materiais. Entretanto, é pouco provável que seu espírito estivesse somente ligado à materialidade porque inferimos que, na maioria das vezes, a felicidade é contingência de um estado de espírito, e nem sempre é composta de bens materiais na sua essência.

Além disso, repare-se num outro pensador da mesma época, e talvez da mesma dimensão de Voltaire, que foi La Rochefoucauld, cuja expressão de um seu pensamento, versando mais ou menos no mesmo sentido, nos diz: *"Antes de cobiçar alguma coisa, é bom indagar se quem a possui se é feliz"*. Ora, ao meditarmos sobre a similitude entre os dois pensamentos, podemos observar a convergência das ideias dos dois vetustos vultos da literatura francesa. Ambos aliam seus pensamentos a coisas materiais, sendo portanto, de presumir que a felicidade, enquanto material, não é um postulado. Entretanto, o ter ou não ter leva a pressupor, a quem está de fora, pela felicidade de quem tem ou infelicidade de quem não tem a coisa! Ou não é?

Todavia, como dizem alguns, e eu concordo: a felicidade é um estado de espírito temporário e nunca uma constante matemática, dependendo sempre de certas contingências e de determinadas variantes de cada pessoa. É muito comum ouvir-se dizer que ninguém é completamente feliz. Não somos felizes porque a nossa felicidade quase sempre depende de outrem ou, precisamente, daqueles que nos rodeiam. Logo, se a sua felicidade depende de outro, e este outro não é feliz consigo, você jamais será feliz. Ou será? Grosso modo, intui-se que não! Em todo o caso, se alguém for, será uma exceção à regra, uma anormalidade. Mas, na verdade, quando Deus fez o mundo, não era para que virtualmente todos tivessem direito à felicidade?...

O desejo de ser poderoso

Fui arrancado à força do convívio dos meus amigos de infância e de pessoas amigas a quem muito prezava e agora era infeliz. Dir-se-ia que aquele incidente dos fiscais contribuíra em muito para que toda a família sofresse uma grande mágoa. Daí a imigração e o trauma da ausência.

O meu pai, que tinha um espírito preventivo, vislumbrava um futuro melhor para todos nós. Escolheu o Brasil para nos fixarmos definitivamente. Entendia ele, e naquele tempo era voz corrente, que o Brasil era o país do futuro, o país da esperança. Enfim, um país rico capaz de proporcionar a felicidade a todos que nele vivessem.

Fixados em terras de Santa Cruz, não eram passados ainda três dias, e já todos nós estávamos colocados. Uns fazendo uma coisa, outros outra. Meu pai arrumou emprego como vendedor de uma casa de vidros planos.

Morávamos então na Rua Teófilo Otoni, perto do Consulado de Portugal, no Rio de Janeiro. Habitávamos um rés-do-chão de dois quartos, sala, cozinha e banheiro, tudo muito apertadinho e lúgubre. Nada que se comparasse à grande casa que tínhamos em Portugal.

Era, contudo, o que honestamente se podia pagar naquele momento. O meu emprego ficava na Rua São José, numa farmácia muito antiga, que ainda conservava seu nome escrito na velha ortografia, num enorme letreiro, *Pharmacia Centro.* Um estabelecimento de excelente clientela e muita tradição.

Nos primeiros dias do meu trabalho, eu achava aquilo um barato! Especialmente os nomes dos remédios muito difíceis e complicados, uma confusão levada de breca, com todas aquelas palavras técnicas, cujos vocábulos, totalmente desconhecidos para mim, me deixavam certas dúvidas. Mas que me fascinavam e me davam certo enlevo. Não foram poucas as vezes em que eu sonhava com aquela barafunda de títulos e termos esdrúxulos, fora dos meus conhecimentos.

No entanto, o que mais me empolgava e fascinava era ir ver à hora do almoço os senhores deputados chegarem à Assembleia Nacional, que funcionava ali na Praça XV. Devo confessar-lhes a minha profunda admiração pelo esplendor e o luxo dos homens que fazem ou faziam leis e mormente os seus modos arrogantes, como se o mundo fosse todo deles. Pois quando desciam dos seus possantes, luxuosos e brilhantes automóveis, ao observá-los em seus ternos de linho branco, engomados e esvoaçantes, com seus charutos perfumados na boca, soltando baforadas de fumaça para um lado e para outro, despreocupados, risonhos, onde uma insolência inenarrável surdia aos olhos dos plebeus como eu, devo confessar que me deixavam imobilizado.

Afirmo mais uma vez a minha inveja ao ver toda aquela prosperidade sem dela participar. E depois, imaginava-os em suas preguiças miríficas, com seus futuros garantidos e perenes oriundos de um ou dois mandatos, em suas mansões ou apartamentos cheios de requintes, e um exército de serviçais a atendê-los com toda a etiqueta social, soberanamente inoculada, como só acontecia outrora aos senadores romanos.

Causava-me admiração e ao mesmo tempo ciúme a vida faustosa e nababesca desses homens. Aos poucos, fora se instalando em mim, secretamente, um desejo ardente das delícias da vida que essa gente desfrutava, dos prazeres luxuriantes desses senhores desocupados, daquela magnânima existência que levavam... Enfim, cheguei a pensar e disse comigo mesmo: *Ferro, um dia serás rico e poderoso para poderes usufruir de uma vida cheia de prazeres, igual à desses deputados.*

O Portuga

Enquanto isso, os anos foram passando. Eu, ao mesmo tempo em que trabalhava na farmácia de dia, estudava à noite, preparando-me intelectualmente com vistas a realizar todos os meus sonhos. Os meus irmãos também faziam o mesmo. Finalmente, todos nós ajudávamos em casa, na manutenção da família. Tanto no colégio como na farmácia, eu só era conhecido por

Portuga. Mas isso não me aborrecia. O que me aborrecia, e muito, era quando contavam anedotas de português. Porque quase sempre essas piadas eram contadas com galhofas e no sentido de denegrir a grei portuguesa, de diminuir a boa imagem do português e isso eu não admitia.

Mas volvendo aos meus tempos de estudos, ainda guardo belas e lindas recordações daquela época do colégio, quando arrumei algumas namoradas que carinhosamente me chamavam de *meu rico português.* Não no sentido de ridicularizar ou de difamar a minha raça, mas sim porque lhes parecia bonito, engraçado e carinhoso. Houve uma muito bonita, faceira e carinhosa, extraordinariamente graciosa, grande charladora, que gostava de ir comigo aos domingos à praia. Foram dias inesquecíveis, bastante divertidos e gostosos de passar! Depois de uma semana de trabalho e de estudos, ficar numa praia com uma bela garota tinha um sabor gratificante. Principalmente quando curtíamos deitados na areia macia da praia, como se fosse uma alfombra aveludada, a lassidão da torreira do meio-dia.

Solange era o nome da minha namorada. Dizia sentir-se feliz perto de mim, gostava imensamente de ficar comigo. Nem sei calcular quantas foram as vezes que nos amamos, num amor puro e simples de adolescentes! Todavia, ao terminar o curso, tivemos de nos separar porque eu estava a fim de me bacharelar. Enterrei a cabeça nos livros, para prestar exames na faculdade e nunca mais procurei a Solange. Às vezes, dava-me saudades dela e ainda pensei em abandonar os estudos e procurá-la. Cheguei mesmo a ir atrás, mas fiquei sabendo de sua mudança para São Gonçalo, o que me fez desistir de ir a seu encontro, o que me entristeceu tremendamente. Foi assim que perdi o contato com a primeira mulher que conheci, e mais uma vez sofri o desespero e a desilusão de alcançar a felicidade.

Como disse, comecei a frequentar um cursinho, disposto a entrar numa faculdade. Este ano para mim foi terrível! Trabalhava todo o dia na farmácia e, sem jantar, seguia rumo àquele estabelecimento de ensino, só saindo de lá por volta da meia-noite. E quando chegava em casa, exausto e faminto, já passava de uma hora da manhã. Todos os dias era esta luta, esta circunvolução, mas finalmente consegui entrar para a faculdade. Optei pelo curso de Farmácia. Minha família não queria saber de me ver farmacêutico. Porém, como conhecia bem o ramo, fi-los ver que era um ramo muito bom e vantajoso para mim, tendo em vista a falta de bons e honestos profissionais neste mercado. Assim, os meus argumentos prosperaram e eles deixaram-me seguir o meu destino. Contudo, eu sabia que o gosto dos meus pais era ver-me um advogado, um médico, ou então um engenheiro. Jamais um reles e simples farmacêutico.

Agora eu já não me considerava totalmente infeliz. Afinal eu cursava uma faculdade. E quantos milhares de brasileiros têm esse privilégio? Poucos. Muito poucos! E depois, nos tempos de antanho, os universitários navegavam em cândidas adulações inenarráveis dos circunjacentes. Ora, como universitário, eu observava os incensadores sempre prontos a enaltecer as minhas inebriantes qualidades intelectuais. Empavonava-me e intumescia de um orgulho cálido, porém, comedido. Devo contudo confessar o meu entusiasmo, a minha gratidão, e logo uma quase felicidade neste momento.

Mas passados quatro anos de um mirífico trabalho e de estudos incessantes, finalmente formei-me Bacharel em Farmácia. Sim, senhor! Bacharelei-me como farmacologista. Também devo dizer que para mim foi um orgulho os meus patrões irem a minha colação de grau. Aliás, também vinha a atestar que a Pharmacia Central agora trabalhava dentro da lei, com um farmacêutico responsável.

Outro fato importante: encantava-me o respeito dos meus patrões por mim. Já não me chamavam Portuga pra cá, Portuga pra lá, como era de seus hábitos, porque ali quem tinha o diploma universitário era somente eu. Ora, isto me enchia de orgulho, me dava certa importância perante meus patrões e os outros empregados. De outro lado, também quero manifestar a minha amargura quando ia receber o meu salário. Eram só tristezas e dissabores. Porque o salário era aquela mixaria! Não dava para comprar nada. Se a forma de me tratar melhorara, aquela situação

PHARMAC
CENTR.

de penúria e privação, não. Tudo ficou como dantes, como no quartel de Abrantes. Sentia atassalhar-me o coração só em pensar da minha capacidade e do meu esforço para me formar e receber, em contrapartida, aquele ínfimo salário, igual ao de qualquer outro empregado de balcão. Uma vergonha.

Quantas não foram as vezes que me revolvia no peito um apetite incontrolável de me ver dirigindo um importante laboratório, ou colossal farmácia, para mostrar a todos os meus conhecimentos, desenvolver minhas próprias ideias, e consequentemente, receber reconhecimento pecuniário pelos meus esforços! Aí, nestas condições, eu poderia ter o meu possante carro (a exemplo daqueles deputados) e, ao descer para jantar no Copacabana Palace, como qualquer ministro de Estado ou embaixador, receber todo aquele cerimonial, aquelas vênias intumescidas de veneráveis e inefáveis etiquetas.

Quantas não foram as vezes que me saiu um suspiro do fundo do coração por não poder me comprazer destas orgias sociais! E com ardor, fazia uma prece: – Ó Deus Baco! Olhai para este teu humilde servo e seguidor, mas fazei com que desfrute das coisas belas e gostosas da vida! Rogai por nobis!...

Mas, ao mesmo tempo em que ambicionava tudo isto, havia, outrossim, a resignação da minha modéstia, e uma sujeição natural, por não poder conquistar aqueles ilusórios, maravilhosos e sublimes sonhos. Decorreram mais alguns meses.

Certo dia pensei em tirar férias. Aliás, as primeiras férias que tirei em tantos anos de trabalho. Como o dinheiro não dava para muita coisa, vim visitar meus conterrâneos que moravam em São Paulo.

Nesta grande metrópole, de crescimento vertiginoso, onde a saga e o trabalho dos imigrantes (como nós) a empurrava para o topo, como uma das maiores cidades do mundo, vim encontrar extraordinária quantidade de conhecidos e alguns amigos de minha família. Boa parte destes vivenciava uma vida faustosa e destacada posição social. Uns eram comerciantes, outros industriais. Enfim, tinham-se alcantilado em negócios mirabolantes e ficaram ricos. É quanto basta!

Ora, na minha condição de bacharel, confesso o meu sentimento de humilhação e de indignação. Na verdade, eu via naqueles padeiros, taberneiros, hoteleiros etc. pessoas bem-sucedidas financeiramente, ainda que os sentisse culturalmente insipientes. Consumia-me então a minha imaginação de ouvi-los charlar e às vezes até cantarem odes sáficas sobre suas proezas e conquistas.

Naturalmente, esta minha revolta aflorara em meu semblante porque um sentimento infundado de inveja retesava o meu nobre peito. Depois de narrar a minha vida pregressa a um daqueles amigos mais chegados, numa das muitas conversas íntimas que tivemos, ele me questionou:

– Ó Ferro, por que você não vem para São Paulo? Olha, tenho a certeza de que, com suas aptidões, você em pouco tempo arrumaria sua vida aqui.

Após esta proposta, não pensei duas vezes: fui ao Rio, peguei minhas roupas, que não eram muitas, alguns livros de maior estima, pus tudo dentro de uma mala de papelão, daquelas ainda de meu traslado de Portugal, e me mudei para a Pauliceia Desvairada.

O Palácio Ocre

A minha mudança para São Paulo deu-se de forma surpreendentemente tranquila. Como não tinha quase nada, tudo foi muito fácil, incluindo conseguir um lugar para morar. Aquele meu amigo, por sua vez, tinha também um amigo, cuja profissão era motorista de praça, e a sua mulher alugava cômodos num grande e majestoso palacete de cor ocre, com belo e harmônico jardim a circundá-lo.

Ora, eu habitava com minha família aquele ridículo rés-do-chão da Rua Teófilo Otoni. Ao ver aquele palácio, deslumbrei-me, requestei-me. Meu amigo e eu conversamos com a senhora que, por sinal, também era portuguesa. Meu amigo expôs o meu problema e as condições em que me encontrava. E como diz o ditado, *quem tem padrinho não morre moiro.* Na mesma

hora, madame Ana se propôs a alugar-me uma vaga num dos espaçosos quartos do vetusto e comentado Palacete Ocre.

De princípio, enfatizei ao meu amigo a minha preocupação em dividir o meu sagrado lugar de repouso com um estranho. Sim, porque, neste mundo de maldades, aterrorizava-me o fato de dormir no mesmo aposento com uma pessoa, sem ao menos tê-la visto antes e nem tampouco ter-lhe sido apresentado. Mas a dona Ana, de maneira incisiva, me afiançou tratar-se de pessoa de excelente índole, de jaez intocável, respeitadora e honesta. Isso me encheu de tranquilidade e consolo.

Localizava-se este palácio no bairro do Paraíso, perto da Igreja Santa Generosa. Anteriormente, fora sede do consulado italiano e agora via-se rebaixado a casa de cômodos. Tinha o impetuoso monumento perdido muito de sua imponência original, especialmente o seu frontispício. Contudo, guardava a frescura dos vastos serralhos luxuosos, ao mesmo tempo em que mantinha uma silenciosa e grave harmonia em seu interior. Ao penetrar naquele monumento antigo de olho ávido, curioso para conhecer as classes abastadas que outrora lhe habitaram, deleitava-me só em imaginar os seus luxos e paixões ali vividas. Vim posteriormente a saber que fora erigido por antigos barões do café e que, em tempos idos, fora a melhor casa das redondezas.

Entretanto, agora cercado de edifícios por todos os lados, o seu estilo imponente ofuscara-se. Porém, os seus interiores mantinham-se quase intocáveis no seu ar aristocrático e fabuloso. Exemplo disso eram os banheiros. Todos em mármore de carrara, numa perfeita harmonia entre o revestimento das paredes e os pisos, onde também só foram empregados esses materiais nobres. Ainda nestes ambientes, havia umas pilastras de sustentação dos pórticos das banheiras de imersão. Nestas pilastras haviam sido gravadas pequenas estatuetas de ninfas desnudas que denotavam o espetacular engenho, bom gosto e genialidade do artista. Mais uma vez eu, como bom amante da arte, ficava estupefato diante de tanta harmonia e refinada sensibilidade artística naqueles elegantes compartimentos do palácio. De outro lado, via com infinita tristeza como eram tão mal-usados e que gente reles ali o habitava naquele momento.

Não que eu quisesse fazer mais do que os outros! Mas digo-o com toda franqueza deste mundo: – A gente que ali morava não merecia banhar-se naquelas suntuosas banheiras de mármore Carrara. Penso que eles nem soubessem da existência e nem do valor intrínseco desses famosos materiais nem tampouco de suas origens. Ao ver e sentir tudo isto, pungia-me o coração em observar os barbarismos que ali se cometiam contra tão imponente serralho, a começar pelos senhorios. Em suma: a arte, no palacete, brotava pomposamente pelos veneráveis três pisos, onde anagramas entalhados, na mais perfeita harmonia, em letras de estilo gótico, abundavam pelos móveis, janelas e portas da bela vivenda onde me instalara.

A família Castro

Os Castros eram os verdadeiros locatários do velho palacete. Era um casal de portugueses com vários filhos, que sublocavam vagas, ou cômodos, a pessoas como eu. Quem dirigia o negócio, e muito bem, era a mulher.

Esta família tinha como cabeça de casal o senhor José, sendo a dona Ana, a sua esposa. Depois, vinham seus quatro filhos, todos menores de idade. Não viviam exclusivamente da sublocação de cômodos porque o senhor José tinha um carro de praça e fazia ponto encostado ao Cinema Cruzeiro, no Largo Ana Rosa. Dali é que vinha de fato quase todo o sustento da família.

Na verdade, este senhor José, homem simples, pacato, de poucas falas, era muito estimado pela sua honestidade e querido pela sobriedade de sua profissão. Trabalhava dia e noite para manter os quatro filhos e estudar. Bom marido e pai, soube conquistar a estima de todos os que com ele privavam, pela pureza do seu caráter e pela fidalguia no trato com todas as pessoas. Aparentava ter uns quarenta anos, de físico hercúleo e, com sua afabilidade inusitada, era de feitio diametralmente oposto ao de sua esposa dona Ana. Esta sim era uma dessas mulheres alcoviteiras, má falante da vida alheia, dessas que arrumam facilmente encrencas com os vizinhos, ou não vizinhos, por qualquer futilidade.

Dos quatro filhos, os dois mais velhos eram portugueses e os mais novos eram brasileiros. O mais velho, todos o conheciam por Zeca. Já a filha logo a seguir, que deveria ter uns dezesseis anos, chamava-se Adélia. Logo após vinha a Túlia e finalmente o caçula, o mais mimado e adulado por toda a família, que se chamava Vivaldo, conhecido por Vado ou Vadinho.

Nos primeiros dias após instalar-se no palacete, eu observava com certa bonomia e olho rutilante a chegada do senhor José em casa. Geralmente o seu regresso ao lar dava-se à noitinha, depois de um dia árduo de trabalho, quando então a filharada corria à porta para abraçá-lo e receber o seu presentinho. Este ritual enchia-me de melancolia por eu estar longe e lembrar-me com saudades de minha família. Mas a algazarra da entrega dos presentes e a festa dos filhos em redor daquele homem de aparência rude, mas de maneiras afáveis e gentis, logo me dissipavam destes pensamentos pesarosos para me transportar a um mundo cheio de amor e absoluta confiança onde nem tudo estava perdido! Ainda havia pessoas boas na vida, ainda valia a pena viver. E assim, eu ficava assistindo àquela festa de confraternização entre filhos e pai a rolaram pelo chão do grande salão da entrada do palacete, até que finalmente todos, de posse de seus pacotes, os abriam numa sofreguidão anelante e, novamente, se alçavam sobre o pai a cobri-lo de beijos numa inefável felicidade. Depois todos se dirigiam para a farta mesa de jantar, onde, num primeiro momento, oravam dando graças a Deus pelo dia passado e, num outro momento, jantavam felizes.

Como disse, emocionava-me assistir a alegria dos Castros e para comigo exclamava: – Aqui vive uma família feliz! Sim, senhor! Os Castros não apenas eram como também pareciam ser muito felizes. Eu via tudo à distância e avaliava esta felicidade invadido por uma sinfonia de belos sentimentos porque eu, no momento, era uma ovelha desgarrada, sem família, completamente sozinho num mundo repleto de gente. Então, só, no meu quarto, anelava e pensava: "Como são gostosos esses momentos felizes entre os Castros, como são ditosos e afortunados aqueles filhos do senhor José". Diante das lembranças da minha desvanecida infância – sem presentes, sem carinhos, sem sapato na chaminé, sem Papai Noel –, chorei.

A vaga

Inquilino dos Castros, dividia eu uma vaga num dos originais quartos do palacete com um rapaz mais ou menos da minha idade. Era ele de estatura meã, gordote, rosado e gerenciava uma fábrica de sapatos ali perto, na Rua Apeninos. Por sinal, muito boa pessoa! Organizado, asseado, contudo poder-se-ia dizer também que era um sacana em relação às mulheres. Era italiano e chamava-se Francesco. Positivamente, as qualidades e os defeitos de Francesco vim a conhecê-los depois de alguns meses de morarmos juntos – razão pela qual me afeiçoei sobremaneira à sua companhia. Entretanto, antes de conhecê-lo, arrepiava-me a ideia de dividir com um estranho a minha privacidade e intimidade. Ficava de cabelos em pé só de pensar no que me poderia acontecer, mormente por causa dos roubos, dos assassinatos e das tragédias, que via e ouvia todos os dias pelos jornais e rádios, que aconteciam em São Paulo em circunstâncias idênticas às minhas.

Ora, desde que cheguei ao Rio, sempre vivi naquele albergue da Teófilo Otoni. Ao mudar-me para aquele palacete da Paulicéia, com meu pequeno e paupérrimo espólio, desvaneci-me com aqueles incomensuráveis luxos e aquela infindável magnificência – o que não era para menos. Ante este céu aberto, do qual sempre fui excluído, perguntei-me: "E agora, Ferro? E agora?..." Interroguei-me (porque ainda não lhes disse meu nome, que é Antônio Ferro). "E agora, Ferro?... Agora aqui estás neste palácio, muito bem instalado, tudo muito bonito, fino, porém, sem um vintém furado no bolso. Como te vais arrumar?".

Ora, esta indagação me deixava um pouco preocupado e inquieto. Mas quase todos os meus conterrâneos haviam me convencido de que, com minhas largas aptidões, teria absoluto êxito. Então, quase que maquinalmente, respondi: "Mas que diabo! Tu és bacharel em farmácia, homem! Tens um diploma universitário, coisa que poucos têm... Que mais queres tu? Reage, sê forte! Vai em frente".

Em seguida, estes pensamentos encheram de certa tranquilidade a minha vida rotineira, onde minha ambição começava a evoluir. Olhando com admiração os móveis que ornavam o meu quarto, fiquei pasmado com as peças remanescentes da sua construção babélica, deixadas pelos remotos construtores do palácio. Eram os móveis todos em jacarandá-da-baía, polidos com certa austeridade, não muito brilhantes, mas de acabamento acetinado e fino.

Num largo e fabuloso armário, havia lugar de sobra para guardar minhas insignificantes roupas, a mala de papelão e tudo o mais de meu singelo espólio, que nada tinha a ver ou se assemelhava ao requinte desta habitação e seus finíssimos detalhes. Chegava a ser picaresca a dissimilitude entre as minhas ninharias e o luxuoso lugar aonde vim morar. Então, ao abrir as portas do armário, exclamei: "Que exagero, até parece humilhação!...". E novamente volvi a evocar-me dizendo: "Ó Ferro! Vamos lá, homem! Temos que contar com um pouco de sorte, que diabo!..." E num arrebatamento, enchi-me de coragem, desmanchei a mala, arrumei os trapos ali a um canto do armário, muito bem guardadinhos e ajeitadinhos.

Como não tinha mais nada para fazer, deitei-me e comecei a ler um dos meus vetustos in-fólios, carregados em meus alfarrábios trazidos do Rio. Senti as pálpebras pesadas e os olhos fecharem-se pela monotonia da leitura. Cansado, caí num sono profundo e aí sonhei... Um sonho extremamente singular.

O sonho

Como disse, adormeci profundamente. Tive alucinações, pesadelos e sonhos mirabolantes, enfim, me vi envolvido numa vida irreal, de fantasia, durante esse curto lapso de tempo. Nestes episódios fantasmagóricos do meu sonho, eu nitidamente via uma bela mulher, linda como Vênus, filha de um rico comerciante, loucamente apaixonada por mim. Chamava-se Marina, era morena, de olhos verdes, cabelos compridos e negros como azeviche, cheia de feitiço, faceira e de ímpetos misteriosos. Uma mulher de fechar o comércio!

Encontramo-nos por acaso num jantar, na casa de um dos meus conterrâneos responsáveis pela minha vinda para São Paulo. Ao entrar na residência, bati o olho nela e ela em mim. Ficamos apaixonados à primeira vista. Começamos então a namorar e desse namoro nasceu um amor desenfreado à Romeu e Julieta. Contudo, os pais dela não consentiam no namoro e, depois, não queriam o nosso casamento. Porém, a nossa obstinação, a nossa convicção de um amor sublime, que nos deveria unir para todo o sempre, foi mais forte, solidificou-se de tal maneira que saímos vencedores deste primeiro *round.*

O pai de Marina era um sujeito grandalhão, balofo, de calva lustrosa e face bochechuda, e personificava a própria fortuna. Sua mãe era Dona Juanita (para os íntimos), Juana Zuniga (para nós outros), espanhola, pequenita, magra que nem bacalhau, morena, beata, tagarela, sempre atrelada ao marido com receio de perdê-lo. Dona Juanita, apesar de alcoviteira, nada decidia e determinava sem o aval do marido e tudo o que falava era como se fosse um dogma, isto é, cumpria-se e não se discutia.

Marina, ao contrário da mãe, exercia sobre o pai certa influência porque, sendo mais culta e intelectualizada, fez-lhe ver que eu, apesar de pobre, era bom partido. Por aí se podia analisar quão hábil era Marina ao demonstrar ao pai o seguinte: – Veja só, papai! Dinheiro nós temos. Nós não temos, e precisamos, é quem saiba administrá-lo! E o Ferro é um homem formado, culto e, naturalmente, saberá como administrar os nossos negócios, entendeu? Ora, a moça, com esta conversa, foi aos poucos minando a já pouca resistência no âmago do velhote gordalhufo e rico, até que ele consentisse em nosso casamento.

Com este sonho, começava a minha faustosa vida de milionário e uma linda e perene vida conjugal. Marina adorava-me e eu a ela. Tínhamos sido presenteados pelo pai com um belo apartamento nos Jardins e com um novíssimo carro do ano. Com toda a sinceridade que me é peculiar, confesso: amei Marina num amor voraz e inexperiente, de adolescente. Era uma paixão escrava e quente, que transcendia a tudo o que tinha acontecido comigo até ali de mais excelso e sublime.

Enleados no devaneio deste amor, passado em coxins de cetim cor de esmeralda, com nossa cama cheia de finas sedas e o quarto repleto de alfombras fofas e perfumadas, nós, eu e Marina (que vestia apenas uma camisola de gaze muito fina, bordada com filigranas doiradas, com os seios pequeninos e empinados) vivenciávamos dias inesquecíveis em derriços cheios de um amor inenarrável.

Eu, dando asas à imaginação, fazia viajar os meus devotos lábios pelos seios pequeninos, arrebitados e frescos, numa concupiscência ávida de possuí-la. E nesta sofreguidão, quando estava quase gozando, eis que um rangido na porta me veio subitamente despertar. Era nem mais nem menos que o meu companheiro de quarto (que eu ainda não conhecia) que, ao entrar, ao abrir a porta do grande armário, fez um banzé dos diabos! Naquele estado vexatório em que eu me encontrava, ainda de pênis duro, disfarcei o mais que pude aquela cena hilariante

ante os olhos do meu colega, convencido de que ele não se tivesse apercebido do meu estado perturbado. Mas era tarde, ele a tudo assistira. Então senti horror e asco de mim mesmo e com certa repulsa, confessei àquele estranho os meus sonhos efêmeros, cheios de episódios eróticos, confessando-lhe simultaneamente o meu atraso sexual.

Só por este pequeno gesto de compreensão, logo pude observar que Francesco era um bom homem. Pois, ao ver-me assim perturbado e com a face cor de greda, ele gentilmente me disse:

– Ó homem, fique tranquilo! Isso acontece também às boas famílias... – e com ar de chalaça, acrescentou: – Você sabe que fiquei com pena de acordá-lo e estragar-lhe o sonho? Mas que quer você? As portas deste armário têm as dobradiças enferrujadas e quando nós as abrimos fazem um barulho dos diabos!

– Pois é! No melhor do sonho é que...

– Paciência, amigo! Paciência – respondeu Francesco aborrecido, confessando-me também sua contrariedade por haver-me acordado naquele momento.

Aí pude ver o aborrecimento de meu colega de quarto e mais uma vez ratifiquei a boa índole do meu camarada, o que aliás dona Ana havia confirmado.

Ainda um pouco aturdido, sentado à borda da cama, eu seguia maquinalmente os seus passos, enquanto ele enfiava um roupão, pegava uma toalha e se dirigia à casa de banho. Depois, bem depois, senti-me deprimido e triste porque tudo aquilo não tinha passado de um sonho. Aí vesti uma calça, pus uma camisa pelas costas, calcei uns chinelos e saí a dar uma volta a fim de conhecer o lugar em redor do palacete.

Uma noite péssima

Nesta amargurada desilusão, caminhando pela rua entre um populacho geboso e fedendo a suor, seguia por uma calçada quando encontrei um boteco. Entrei, sentei-me a uma mesa e pedi uma cerveja. Ah, que final de tarde! Para não dizer horrível, limito-me a falar simplesmente péssima. Depois daquela cerveja, bebi mais outra e mais outra e não sei quantas mais, como querendo matar uma sede que devorava todo o meu ser, desde a minha infância, passando por minha adolescência até aquele momento! Uma sede insaciável e sôfrega. Já muito tonto, ébrio e com a volúpia de possuir uma fêmea, fui ter a um lupanar indicado por uns rapazolas que encontrei na rua.

Era noite fechada. Com a voz pastosa, já no bordel, eu tornei a beber cerveja. Não tardou e duas mulheres muito pintadas, de modos escroques, seios devassos e dependurados, vieram sentar-se à minha mesa. Momentos antes, eu vira uma mulher jovem, morena, de olhos verdes, tal qual aquela do meu sonho.

Contrariado com a conversa das duas mulheres ali sentadas comigo, dei um copo de cerveja a cada uma, desejando que elas me deixassem em paz, dando-lhes a conhecer todavia o meu interesse pela tal morena sentada a um canto da sala do bordel. Porém, elas continuavam a me perguntar certas coisas, e eu ia respondendo somente por metáforas porque o meu interesse estava concentrado na morena. Por isso, não queria desviar a minha atenção e nem estava interessado naquilo que me perguntavam e nem no que confabulavam. Entretanto, observei frustrado e com certa tristeza que a morena nem olhava para onde estávamos.

Aborrecido pelo descaso, comecei a tomar uísque para chamar sua atenção, a fim de impressioná-la. Alguns uísques, não sei quantos. Senti, então, esvaírem-se-me os sentidos, como se as luzes começassem a se apagar. Turvaram-se-me as vistas. O vozerio das pessoas do lupanar parecia-me ululações, uivos aflitivos em sons plangentes. Em seguida, uma ansiedade, uma perturbação, uma tonteira se apoderaram de mim de tal forma que nem conversar conseguia mais.

Foi um inolvidável porre, um estado de estupor inefável. De tudo isso, o primeiro sintoma que ainda guardo na memória foi a perda total da visão. Em seguida, me foram faltando o resto dos sentidos. Quando acordei no raiar do sol do outro dia, estava estatelado no meio da calçada, todo mijado, só com as calças, sem dinheiro e sem documentos.

Aquele sol despontava claro e limpo, numa dessas manhãs alegres e quentes, quando muitos dos transeuntes iniciavam o seu dia de trabalho, ou então iam a seus passeios matinais, e eu ali naquele estado deplorável, deitado como se fosse um vagabundo. Senti vergonha e pejo de mim mesmo. Quando pensei em voltar ao Palácio Ocre, lembrei-me da triste, ridícula e deplorável figura em que me tornara. Se alguém que já me conhecesse me visse naquele estado insólito e deprimente, o que não iria pensar?

Num momento de lucidez e de presença de espírito, lembrei-me de que trazia um calção de banho por baixo da calça. Imediatamente tirei a calça, pu-la ao ombro e comecei a correr, como se estivesse fazendo cooper. Nesta carreira desenfreada, entrei palácio adentro, num exuberante estado olímpico, de fazer inveja a qualquer atleta daqueles que disputam a corrida de São Silvestre.

Nada como um banho tépido após uma noite porca

Mal entrei no meu quarto, com a ajuda de meu companheiro, porque também me roubaram a chave, incontinente me dirigi ao banheiro, visando livrar-me daquela sujeira da noite mal passada e emporcalhada.

Infelizmente, no nosso andar, havia somente um banheiro para considerável quantidade de inquilinos e, neste horário da manhã, estava congestionado, como de costume. Tive de esperar a minha vez para poder entrar naquela majestosa, incensada e imponente banheira toda de mármore, circulada de espelhos e metais nobres, que me deixava deslumbrado sempre que ali penetrava. Mais uma vez, me senti minúsculo ante estas grandezas vetustas, onde me banhava num deleite pando de magnificências... E outra vez a minha alma foi invadida pela mágoa de não ter satisfeito os meus prazeres concupiscentes, horas atrás sonhados. No silêncio desta melancolia, onde a tepidez da água me deixava emoliente, apoderou-se de mim uma desolação e uma saudade inquebrantável bateu em minha alma, ao recordar com enorme tristeza ter sido obrigado a deixar o lugar belo onde nasci.

Recordei então a minha infância feliz, os meus amigos, a minha primeira professora e as brincadeiras gostosas, no níveo adro da igreja sempre limpo e ajardinado, onde, nas noites estreladas, nós brincávamos até altas horas da noite, sem os perigos que afligem as pessoas nas grandes cidades. Enfim, recordações de uma felicidade remota e distante da minha bisonha ingenuidade, sem maldade, que ainda carregava comigo. Ao lembrar-me o entardecer, com o sol quase a esconder-se no ocaso, a passarada em revoadas, ora rasantes, ora nas alturas pelo céu, pareciam brincar em guinadas dardejantes e evolutivas ao redor da igreja, com sua torre imponente e panda de sinos a entoar

Ave-Marias. Já quase ao lusco-fusco, as avezinhas vinham sorrateiramente em busca de seus esconderijos preferidos nas frondosas copas das árvores amigas de tantos anos.

Triste e taciturno, lembrei-me, com lágrimas nos olhos, da minha primeira namorada. Chamava-se Filomena. Eu a tratava por Filó. Era loira, cândida e angélica, de olhos azuis. O nosso namoro era escondido. Os pais dela não consentiam porque ela só tinha treze anos, embora moça já feita, de belo e elegante corpo. Mas, como a avó de Filó morava perto de mim, e como eu agradava à velha, com inefáveis tagarelices e mesuras sem fim, ela, como retribuição, incentivava a neta a namorar comigo. Daí nós termos toda a liberdade do mundo para namorar e brincar. Sendo a velha viúva, íamos namorar no seu quarto, escondidos, e lá ficávamos a sós deitados na cama entre beijos e abraços, horas sem fim! Uma loucura! Quantas não foram as vezes que rolamos naquela cama na sofreguidão de um amor maior! Ah, como eu a desejava! Ah, como eu aspirava possuí-la. Entretanto, contínhamo-nos, somente brincando e nada mais. Ela era quente à beça e, na maioria das vezes, até gozava primeiro do que eu. Enfim, eram momentos felizes, pandos de prazer. Porém, um dia Filó ficou sabendo que eu namorava aquela minha colega de estudos. Então, colocou-me na parede:

– Ou ela ou eu! – exclamou com a voz alterada como quem quisesse brigar.

Respondi ao pé da letra:

– Você é quem sabe! Escolha o que é melhor para você!

– Já escolhi – respondeu ela.

– Então, o que escolheu?

– Ficar só. Antes só do que mal acompanhada – disse secamente.

– Está bem! – concordei, conformado.

– Adeus!

– Adeus, respondi com um nó na garganta. E assim perdi Filó.

Nestas divagações, acabei o meu demorado banho. Agora refeito e limpo daquela situação vexatória, serenei, resignado dos últimos acontecimentos. Volvi ao meu quarto, deitei-me e dormi o sono dos inocentes...

De inquilino a amigo íntimo

Disse anteriormente como eram os Castros. Pois bem, duas semanas depois de ter ido residir no Palácio Ocre, já era íntimo da família, só pelo simples fato de ser da mesma nacionalidade. O senhor José, aquele homem pacato e cheio de reservas com os outros, comigo era totalmente diferente. Dizia ter simpatizado comigo e com a minha maneira de ser, pelos meus costumes e hábitos, que observava e mandava a mulher observar.

Logo nos primeiros dias, quando eu descia para ir à luta e o encontrava por casualidade, ele fazia o possível para puxar uma palha comigo. Ora sobre Portugal, ora sobre o tempo, o certo é que ele fazia de tudo para puxar conversa comigo. Em seguida, vinham os conselhos, as insinuações de como proceder para ganhar a vida honestamente, num aranzel de comportamento exemplar da nossa gente, que de modo nenhum deveria ser maculado, desdourada ou infamado.

Num domingo de sol rutilante, branco e faiscante nas pedras das calçadas, acordei sob enorme foguetório, estalando lá para os lados da igreja. Recordei de ouvir dizer que haveria festa de quermesse em homenagem à Santa Generosa. Levantei-me de um pulo, corri ao banheiro (sempre ocupado), e quando, chegou a minha vez, tomei o meu banho, vesti-me com o melhor fato que tinha. Ao descer as escadas e pôr o pé na sala comunitária, lá estava o senhor José lendo um jornal da comunidade. Ao me avistar, com voz serena, indagou:

– Ó Ferro, você já tomou café?

Meio confuso, atrapalhado, sem saber o que responder, balbuciei com certa dificuldade:

– Não, ainda não, senhor José!

– Então venha tomar aqui conosco, homem!

Se eu já estava encabulado, sem saber o que responder, com aquele convite ainda mais envergonhado fiquei.

– Senhor José... Isso é muito incômodo para vocês, especialmente para a dona Ana, que tem de lavar mais louça e, além do mais, não fica bem eu invadir a privacidade de vocês!

– Deixe disso, homem! Venha tomar café aqui conosco, é um grande prazer que me dá!

Então, a contragosto, deixei-me ir pelo lado mais cômodo e menos dispendioso. Dona Ana tinha já tudo prontinho: uma mesa redonda, com uma toalha nívea e sobre esta algumas frutas, um prato com torradas de pão, barradas de manteiga, um bule de café e uma leiteira cheia, tudo na mais perfeita ordem e asseio, para nosso regalo e prazer.

Durante a pequena refeição matutina, naturalmente veio o convite para irmos assistir à missa todos juntos. Achei aquilo uma felicidade. Era meu propósito ir à igreja quando saí do meu quarto. Logo, aquele convite veio sob medida preencher de forma enternecedora o meu desejo. Entretanto, na minha boa fé, não vislumbrava as intenções dos meus senhorios e, ingenuamente, cedi ao convite que me foi feito.

Já pelo caminho da igreja, senti da parte de quase todo o clã dos Castros uma idiossincrasia, uma agradabilidade para comigo, de certa maneira estranha. Todos se mostravam lisonjeados com a minha presença, todos queriam o meu braço, enfim, eu era o centro das atenções. Só o Zeca se mostrava retraído e um pouco distante. Quanto aos outros, eram todos cheios de dengos e atenções para comigo!

Dona Ana, muito devota de Nossa Senhora de Fátima, foi logo correndo ao altar, onde estava uma pequena imagem da santa e, com muita fé e devoção, ajoelhou-se aos pés da imagem, persignando-se várias vezes com grande alvoroço e adoração. E não satisfeita com esta veneração, ratificou a sua religiosidade numa outra adoração ao Lausperene, de causar espanto ao mais devoto dos cristãos. Enquanto isso, o resto da família acompanhava aquele ar angélico da devota senhora num cândido respeito, escutando apenas o sussurrar de suas orações... E eu, coitado de mim, ali embasbacado, ainda muito crente e devoto, faltava-me aquela auréola fervorosa de madame Castro e sua hipocrisia de afetação no culto à divindade.

Depois daquele ritual casto e repleto de fé, regressamos todos ao palácio. Pelo caminho, Adélia, a filha mais velha, veio sempre ao meu lado, conversando e perguntando coisas da minha vida, que jamais pensei confessar a alguém. Finalmente, chegamos ao palácio e, como era natural, os Castros foram para seus aposentos e eu fui para o meu quarto, onde estava o meu companheiro ainda estirado na cama lendo um livro, muito concentrado. Contudo, quando entrei, ele me olhou de soslaio e indagou:

– Ó Ferro, aonde foi tão cedo?

– Fui à missa. Por quê? Não posso?

– Claro que pode! Foi confessar-se, hein? Tem peso na consciência?

– Não, não fui me confessar! E nem tenho peso na consciência. Por que deveria?

– Pensei!... Pensei que tivesse a consciência pesada pelo que aconteceu naquele dia!

– Oh, isso já passou à história, já esqueci!

– Ainda bem! – respondeu o meu companheiro, volvendo a concentrar-se na leitura. Depois de alguns minutos, Francesco deixou a leitura e foi tomar banho. Após vestir-se, convidou-me para almoçarmos num bar que havia ali perto. O bar do senhor Manuel.

Lembro-me de que era um bar malcheiroso, frequentado por gente capadócia, mal-encarada, mas aos domingos faziam uma feijoada requintada, muito boa. Francesco ia todos os domingos degustar a excelente feijoada do patrício, como ele o chamava.

Capítulo II

Confidências de Francesco

O bar era sujo, porém a feijoada era gostosa. Durante o almoço, a nossa conversa, a princípio um pouco reservada, foi aos poucos ficando alegre e animadíssima, talvez por causa do efeito das cervejas. A nossa timidez, de um se abrir para com o outro, quiçá fosse a falta de uma conversa mais franca e aberta. As cervejas com certeza vieram desinibir o nosso relacionamento. Foi nessa alegria, nesse estado inebriante, que Francesco se abriu comigo.

Iniciou por contar-me algumas das peripécias do Palácio Ocre. Eram situações obscenas, torpes, lascivas que observara de algumas de nossas vizinhas do vetusto palácio. Como quem não queria ouvir ou acreditar naquelas regateirices, eu apelava para as frases soltas de inverossimilhança e incríveis, interrogando-o: – Mas é verdade isso que você está dizendo, ó Francesco?

Ele, então, vinha com outras fantasias mais rompantes e enfatizava as indecências que ali praticavam como se fossem confidências, veleidades ou intenções fugazes. Aí observei que estas manifestações reveladoras do meu companheiro nada mais eram do que propósitos de compartilhar com alguém aqueles episódios eróticos, luxúrias e libertinagens ali passadas. Entretanto, carregava no seu íntimo um prazer imenso não apenas em ver estes espetáculos lúbricos como em marrá-los.

Francesco falava um português italianado e com os olhitos miudinhos, sacanas e zombeteiros, descrevia-me aquelas cenas burlescas, presenciadas de maneira sorrateira. Era ao mesmo tempo pulhesco e hilariante. Ladino, apesar de pacato, ele me contou como vira todas aquelas mulheres do palácio tomarem banho, nuazinhas, e as múltiplas e opíparas sacanagens que elas praticavam.

Disse-me que havia feito um furinho num canto de uma das almofadas da porta do banheiro, que mal e mal se notava. Era por esse furo, se tanto do tamanho de uma cabeça de alfinete, que ele enxergava tudo que o que se passava no interior da exuberante casa de banho. Na verdade, como depois tive a oportunidade de averiguar, não dava, para quem já não soubesse, saber que ali existia aquele orifício, tal era a sua pequenez. Para ser visto era necessário um exame acurado na porta.

Todas essas confidências me eram ilustradas nos seus mínimos detalhes porque eu, como recém-chegado, não conhecia quase nada e nem tinha tempo de observar o que ali se passava.

Mas o meu companheiro, um dos mais antigos moradores ali, conhecia todo mundo e todos os cantos do nosso serralho. Como se fosse assunto confidencial, me inquiriu de modo enganjento:

– Você conhece um casalzinho que mora lá no quarto ao fundo do corredor?

Eu já tinha visto esse casal. Porém, jamais me chamou a atenção qualquer ato ou desacato sobre o tal casal. Ele, um loiro desenxabido, de pele muito branca, quase esverdeada, mais parecia tísico, pela magreza e cores, do que figura humana invejável. Ela, sim. Morena, cor de cobre, cabelos lisótricos, belos seios e bonita bunda, chamava a atenção de qualquer um. Especialmente por causa de sua bunda e das suas belas pernas, otimamente torneadas e de uma cor firme e bonita. Foi aí que ele me contou que o casal era useiro e vezeiro em fazer amor quando ia tomar banho. Francesco, mui alvoroçadamente, numa avidez espantosa, confessou-me as cenas eróticas que vira através do tal orifício. Dizia ele:

– Na verdade, você é bem capaz de não acreditar, mas outro dia, quando cheguei do trabalho e me dirigi ao banheiro para tomar banho, que está sempre ocupado, fiquei aguardando a minha vez. Quedei-me ali parado à porta. De repente, comecei a escutar uma espécie de gemidos misturados com suspiros. Ouvia-se, outrossim, uma respiração ofegante, como se alguém estivesse em gozos inefáveis lá dentro. Olhei ao corredor, não vinha ninguém. Encostei o olho no tal buraquinho. Ah, meu amigo, não lhe conto nada! Adivinhe o que vi? O casal estava fazendo amor. Você nem calcula a sensação que tive ao ver aquele espetáculo ao vivo e em cores!... Coisa impressionante, engraçada e folclórica. A mulher estava de quatro, com as mãos cravadas na banheira e o marido por detrás lhe impelia a esetrovenga, e, como se fosse uma biela a motor, ia e vinha numa cadência singular e perfeita. A mulher então gemia e bamboleando o bumbum, enquanto ele todo se esticando de pé, num delírio lascivo, gozou simultaneamente com ela num deleite de arrepiar.

O mais interessante de tudo isso é que Francesco narrava aquelas cenas como se fossem passadas consigo mesmo, confessando-me finalmente que também se eriçou todo só em presenciar aquele fadário erótico, masturbando-se ali mesmo à porta do banheiro. E dava risada.

Depois, contou-me ele sem o menor pejo estes episódios obscenos, marotos e velhacos com uma idiossincrasia inenarrável e com os olhos brilhantes, vivos, a pulular por aquelas sacanagens luciféricas. Pude então compreender o motivo daquela volúpia e todo o seu êxtase em assistir a essas situações cheias de requintes depravados. Afigurava-se-me haver ali algum indício de tara, não sei...

Ainda que não aprovasse totalmente o seu procedimento, porque essas coisas sentia-as ainda como se fossem pecado, como se fossem atitudes demoníacas e devassas de meu companheiro, não pude privar os meus ouvidos de escutarem todas aquelas perversões e transgressões aos preceitos religiosos dos quais eu era um seguidor.

Afinal, eu era um homem temente a Deus e várias vezes já tinha dado provas desse meu temor, nomeadamente à família Castro, quando todos tinham ciência da minha formação cristã e da minha inconteste devoção à mística padroeira da minha adoração que era Nossa Senhora da Saúde. Ora, não ficava bem e até seria conflitante, eu professar um credo de forma super religiosa e comportamento exemplar e, ao mesmo tempo, andar espreitando através de buracos feitos nas portas aquilo que as pessoas faziam na sua intimidade, dentro de banheiros! Não é verdade? Logo eu que tinha sido recomendado como um ser valoroso e correto, pelo meu conterrâneo, via agora negrejar o horizonte da minha consciência, ao participar destas orgias e assaltos à privacidade alheia, em atos pecaminosos e maquiavélicos.

É preciso esclarecer desde logo que nossas índoles eram completamente opostas. Porém, é de se admitir que a convivência, o costume, as conversas, as justificativas e as próprias necessidades fazem com que os homens mudem seus hábitos e até seus princípios.

Não obstante eu ser um homem de boa formação moral, a minha convivência com Francesco e a incitação dele para que eu olhasse no tal orifício começaram a surtir em mim um interesse inconfessável de mirar aquelas ninfas desnudas, que ele pintava com grande maestria e cinzelava com detalhes preciosos, como se fossem esculpidas por Práxiteles. Depois de Francesco muito insistir e enaltecer as musas do palácio, finalmente, eu já admitia que ele me mostrasse onde estava localizado o tal orifício, a fim de eu assistir àquelas miríficas sessões de nudismo.

O deslumbramento da nudez

Os dias fluíam normalmente e eu arrumava trabalho num grande laboratório farmacêutico, como vendedor. Certa noite, ao chegar ao meu quarto, observei o meu colega de pé junto à porta do banheiro com a toalha nas costas. Ao me ver chegar, ele, nas pontas dos pés, veio até mim e disse-me:

– Oh, Ferro! Você quer ver a coisa mais encantada e emocionante que já viu na sua vida?...

– Não tenho palavras para lhe descrever – disse-me ele com a respiração ofegante e uma alacridade incontida.

– Venha depressa antes que acabe, homem! E, pegando-me pelo braço, arrastou-me até a porta do banheiro, segredando-me baixinho:

– Dê uma olhada neste buraquinho aqui. Olhe! É a única oportunidade de ver a coisa assim. Vamos! – Insistia ele, com

certa violência a impelir-me para eu olhar no pequenino orifício ao mesmo tempo em que apontava com o dedo onde estava o tal furinho.

Cedi às suas investidas para me fazer olhar pelo fabuloso orifício. Ó que espetáculo inefável que se me deparou. Era como se fosse um filme erótico rodando numa máquina cinematográfica, onde duas mulheres faziam amor numa sofreguidão indescritível. Confesso que, à primeira vista, aquelas cenas causaram-me alguma repugnância. Não sei dizer bem por que, mas aquele comportamento das duas fêmeas dava-me a impressão que havia certo desequilíbrio entre as coadjuvantes e, sobretudo, aquelas cenas promíscuas causavam-me certa confusão porque considerava e reputava isto como sendo uma anormalidade. Ao contrário de mim, o meu companheiro delirava, deleitava-se eufórico ao ver aquelas cenas lascivas e bambochatas entre aquelas duas beldades femininas.

Entretanto, confuso, incrédulo naquilo que estava acontecendo, para certificar-me de que era verdade o que vira, eu olhei novamente. Constatei que eram verdadeiros, e não alucinações minhas, as imagens e atos passados no interior da casa de banho. Apoiei-me à ombreira da porta e na minha memória retinha viva e lúcida aquelas imagens! Oh, que deleite! Que sensação luxuriante! Ver aquelas duas mulheres como se fossem taradas – especialmente a que pelo jeito era a passiva, suspirando languidamente às carícias da outra, a ativa, que, numa volúpia voraz de posse como se homem fosse, com a boca cravada nos seios, trabalhava-a com um tesão e ardor lancinantes. Depois, quando aquela posição as cansava, mudavam para outra e de tal maneira se excitavam que não tenho palavras para descrever aquelas cenas voluptuosas ali passadas no interior do banheiro. Na verdade, sou obrigado a confessar que fiquei tão e entusiasmado e alucinado, que foi necessário o meu colega me chamar atenção para eu desgrudar do tal furinho porque as pessoas estavam chegando ao local e eu não estava nem aí para o escândalo que pudesse acontecer. Tal era o meu entusiasmo, o meu alvoroço em ver as mulheres!

Quando Francesco conseguiu tirar-me da espionagem, indagou: – Então, gostou?

Ainda um pouco aturdido por tudo aquilo que vira, e ainda mais pelo meu espanto, balbuciei: – Depois nós conversamos a sós!

Logo depois, começaram a chegar outras pessoas a juntarem-se à porta do banheiro. Quando as duas jovens saíram, eu as fixei muito bem, para não me enganar quando as encontrasse em algum lugar, para saber que estava entre pessoas, se não anormais, pelo menos que se escondiam atrás de uma fantasia sexual não muito em voga naqueles tempos em que o amor entre pessoas do mesmo sexo era considerado uma anomalia. Posteriormente, esta se tornou uma prática comum...

Pureza tardia

Na privacidade do nosso quarto, eu e Francesco continuamos a dissecar este assunto bastante controvertido. Ele, contudo, como era óbvio, delirava com aquelas obscenidades praticadas no banheiro. Para ser sincero e autêntico, em sã consciência não posso dizer que eu repudiava totalmente aqueles atos porque, na verdade, também tive os meus momentos de prazer e volúpia ao ver aquelas ninfas desnudas praticarem sexo numa sensualidade extraordinária. Entretanto, é preciso que diga também que, ao deparar-me com aquele quadro lésbico, fiquei perplexo e certo rubor corou as minhas faces. Na verdade, eu era muito caturra e simplório nestes assuntos e jamais tive a ciência destas degenerações! Eis porque a minha vergonha e rubor, ao ver todas aquelas sensualidades, que para mim representavam uma novidade incongruente ao meu modo de entender e de pensar. Então, desesperadamente, ergui-me na minha cama e dirigi-me ao meu colega:

– Ouça lá, ó Francesco! Você aprova tudo aquilo que viu dentro do banheiro? Se aprova realmente todas essas aberrações, posso garantir que você não tem temor a Deus! Ou então também é um tarado! Esta é a minha conclusão...

Mas o meu companheiro estava muito compenetrado de que estava certo, e muito senhor de si, nada lhe pesava na consciência. Voltando-se para mim, disse-me simplesmente:

– Olhe, ó Ferro, o mundo de hoje está todo virado. Estou cansado de ver duas pessoas do mesmo sexo "desde há muito tempo" praticarem atos sexuais. Concordo, aquilo que acabamos de ver é um pouco diferente daquilo que acontece por aí todos os dias! Todavia, não deixam de serem pessoas do mesmo sexo! Ou você nunca ouviu falar dos pederastas? Claro que sim! E olhe, até os padres estão nesse meio! Ou você desconhece isso? Se realmente isso é pecado, quem é que se salva?

– Sim, desses conheço alguns, mas também confesso que nunca vi dois homens nessa prática!

– Ah, nunca os viu praticando, mas admite-os. Ora, deixe disso, amigo Ferro! Parece que estamos na mesma situação. Qual é a diferença entre a prática do sexo entre duas mulheres e dois homens? No meu entender, não vejo diferença nenhuma – conclui Francesco com veemência.

– Eu continuo dizendo, pelo que tenho escutado falar, que há diferença – respondi também com veemência.

– Então se explique melhor e diga de uma vez por todas qual é a diferença, homem!

– Bem, a diferença, pelo que escuto falar e não por experiência própria, é que entre dois homens há penetração, enquanto entre duas mulheres isso não pode acontecer, entendeu?

– Ah, sim, nesse caso concordo com você! Todavia, só nesse ponto e nada mais! – Entendeu?

Chegamos finalmente a um acordo e demos o assunto por encerrado. E com a consciência do dever cumprido, na defesa das minhas cândidas convicções nos bastiões de uma moralidade imarcescível, depois de me vestir, desci a escadaria que dava acesso à sala comum, e num sofá a um canto, cabisbaixo, triste e abatido, estava o senhor José.

O senhor José era um homem de poucas palavras, porém bom pai, bom esposo e bom amigo, muito tolerante e humano. De sua família também já lhes falei. Conquanto o seu feitio fosse um tanto introvertido, comigo ele estava sempre disposto a conversar. Entretanto, naquela tarde senti-o um tanto acabrunhado e sem aquele afã de cavaquear comigo como era de seu costume. Sem querer entrar no mérito dos seus aborrecimentos e mais para poder sentir o que lhe ia à alma, indaguei:

– Está aborrecido hoje, senhor José? – Aí ele se abriu comigo num desfiar de queixumes e lamúrias para mais de metro, dizendo:

– Como diz o ditado, um pai é para cem filhos, cem filhos não são para um pai...

É uma realidade simplista, mas a mais pura que observei até hoje. E nesta arenga de lamentações, o meu senhorio evocava:

– Veja só, amigo Ferro! Gasto uma fortuna com meus filhos em escolas, livros, uniformes de colégios caros, enfim, todos os confortos para que eles sejam no futuro pessoas bem educadas e possam ganhar o pão de cada dia sem sofrer os vexames da ignorância que eu sofro. Atente bem para isto! Desde que eles começaram a estudar, nunca mais consegui, como costumava, comprar o carro do ano. Todo o dinheiro que ganho é para pagar os estudos deles. Contudo, isso faço com muita satisfação, desde que eles aproveitem bem este meu sacrifício. Mas o diabo é que gasto o dinheiro e eles nada aproveitam, você entendeu?

Eu escutava com devoção o que aquele bom homem dizia e notei entre suas palavras algo muito niilista em seu discurso. Aí, voltei-me para ele e respondi:

– Senhor José, acho que há um pouco de exagero nas suas ilações! Pelo menos me consta que o Zeca vai muito bem nos estudos, a Adélia também, enfim, os outros meninos não vão tão mal. Não sei por que o senhor se queixa.

– Sim, o Zeca, a Adélia, a Túlia, não tenho razão de queixa, mas e o meu Vadinho?...

– Oh, senhor José, os dedos da mão não são todos iguais! Isso é assim mesmo. O Vadinho não quer estudar, paciência! Vai ser motorista de praça e acabou. Não há mais nada a fazer! O que interessa é que ele seja homem bom. Não vale a pena o senhor estar a amofinar-se antes do tempo!

As minhas ponderações e a clareza das minhas observações deram um pouco de ânimo ao astral do meu senhorio. Como consequência, convidou-me para um café em casa e eu, sem muitos rodeios, aceitei. Dona Ana era um temperamento completamente oposto ao do marido. Assim que nós pusemos o pé dentro da casa, ela, alvoroçadamente, saltou com a mesma conversa que nós tínhamos tido cá fora e, numa cascata de injúrias, furibunda dizia:

– Não entendo. Por que te dá na cabeça gastar tanto dinheiro nos estudos dos moços? Pensas tu que eles te vão agradecer alguma coisa com isso? Pois se assim pensas, estás muito enganado.

– Olha, se me enganar, pelo menos tenho a minha consciência tranquila. Se eles não aproveitarem é problema deles, a minha parte é dar-lhes educação para poderem enfrentar a vida com dignidade. Agora se eles não quiserem aproveitar, pelo menos tenho ciência do dever cumprido. Certo? ... Além disto, não quero ver os meus filhos serem chamados de analfabetos. A pior coisa deste mundo é um homem ser analfabeto. É ou não é, amigo Ferro?

– Claro, claro – concordei, pois não pude negar aquela evidência do meu senhorio, mesmo porque já havíamos conversado sobre o assunto, entendendo que, nessas circunstâncias, ele estava absolutamente certo.

Mas a dona Ana assim não pensava. Ela defendia um ponto de vista totalmente diferente e, retrucando a tese do marido, erguendo a voz com certa autoridade, entoou:

– O senhor quer saber? Quer mesmo saber a verdade? É que ele quer que os filhos sejam doutores! Ora, diga-me o senhor, se todos forem doutores, quem diabo vai trabalhar nesta terra?

– Não se trata de serem ou não doutores! O senhor entende? Não é nada disso que ela está a falar... O que eu queria realmente é que eles ao menos reconhecessem o nosso sacrifício, a nossa luta para mantê-los nos bons colégios e quanto gastamos com os seus estudos! É só isso, nada mais!...

– Pois, sim! – exclamou dona Ana. – Tu pensas que eles te vão agradecer alguma coisa por isso? Se assim pensas, podes tirar o cavalo da chuva! Porque jamais terás o reconhecimento da parte deles. Então, eu não vejo a toda hora como me tratam? Eles, agora que são dependentes, já fazem pouco caso de nós, fazendo lorotas e chacotas, quando tiverem asas, então, como será? Se queres que te diga, receio que andes a gastar um dinheirão para os formar em doutores e, depois, serão eles próprios que te hão de chamar de burro, analfabeto e outras coisas ainda piores...

O motorista, que estava com os cotovelos fincados na mesa e as mãos segurando o rosto, fitou a mulher, levantou o rosto, deu uma punhada na mesa e, com o olhar meio turvo, vociferou:

– Se isso algum dia acontecer, eu não quero me chamar José! Se acontecer, sou capaz de rachar ao meio um desses pilantras só com um murro!

– Rachas nada! – respondeu a mulher.

– Não racho?

– Claro que não. Quem for vivo verá. O tempo se encarregará de pôr os pingos nos is! Então não vejo? Pensas que não manjo tudo? Especialmente aquele mais novo! Ele agora já tira sarro de nós, imagina quando cresce?...

Sentado à mesa, eu só escutava a discussão entre os dois. Para ser franco, sentia que dona Ana tinha razão. Convenhamos que nestes assuntos temos de ser práticos e objetivos e dona Ana sabia muito bem os filhos que estava criando. Aquele sexto sentido das mulheres, naturalmente, funcionava quando se referia ao caráter dos filhos porque ninguém melhor do que ela sabia o que eles pensavam, desde quando andavam pendurados à sua saia. Quantas não foram as vezes que o mais velho a havia censurado sobre a pouca cultura quando ela pronunciava alguma palavra erradamente. Então, o moleque enganjento exclamava: – Já a senhora não fosse portuguesa! – Ela ficava furibunda, louca da vida, ralhava, praguejava, xingando-o, mas de nada adiantava. Depois, amargurada, ficava se remoendo por dentro, sem dizer nada ao marido, com medo de que este lhe desse uma tareia de cinta, como de fato seria o caso de lhe dar se soubesse que o filho tratava a mãe daquela maneira.

Domingo de sol e missa

A temperatura baixara repentinamente, com sói acontecer em São Paulo. Contudo, o sol viera rutilante e alegre naquela manhã de primavera. Bem cedinho, tomei meu banho, barbeei-me e, ao descer a majestosa escadaria de mármore, o senhor José de novo veio ao meu encontro.

– Já sei! Vai à missa, não é verdade?

– Como é que o senhor sabe?

– Tão engravatado, barbeado logo cedo, dá para perceber!

– Mas vou passar no bar primeiro para tomar café!

– Não, senhor! Toma café conosco. Estava esperando o amigo justamente para convidá-lo!

– Mas eu não posso aceitar. Não faz sentido...

– Faz sentido, sim, senhor! A Ana já tem tudo arrumado. Nós tomamos o café e depois vamos todos à missa como da outra vez.

– Mas isso é muita maçada para a dona Ana! Imagina só o trabalho que vou dar a vocês!

Ora, ora, deixe disso, homem! Onde come um, comem dois e, ademais, é um grande prazer tê-lo conosco...

– O senhor me deixa encabulado, mas...

– Qual mas? Nem qual carapuça! Entre, entre. – E, pegando-me pelo braço, abriu a porta da saleta e arrastou-me até a cozinha, onde dona Ana já havia preparado o café para toda a família.

Não é necessário confessar o meu acanhamento perante esta família, mas a maneira afável como o chefe me levou pelo braço, o carinho que eu vira espontaneamente estampado em seu rosto deram-me certo alívio e alacridade para me sentir mais à vontade. Dona Ana, ao me ver, exclamou eufórica:

– Olha quem está aqui! O senhor sumiu por quê? – interrogou-me com ar zombeteiro.

– Eu sumi? Nem pense nisso, dona Ana. Talvez não nos tenhamos encontrado por motivos dos meus afazeres, mas jamais me escondi de alguém! E também não tenho motivos para isso – respondi com toda a sinceridade da minha alma.

– Ah, pensei que o senhor tivesse se aborrecido com alguma coisa que lhe tivéssemos feito!

– Não, absolutamente! Não estou aborrecido com ninguém. Mesmo porque ninguém me fez mal. O meu tempo é que tem sido exíguo, pode crer dona Ana!

Todavia, o senhor José, observando o prolongamento destas desculpas esfarrapadas, interferiu na conversa:

– Ó Ana, bota o café aí na mesa para nós dois, enquanto os moleques não vêm, e deixa-te de conversa fiada!

– Oh, senhor Ferro, está vendo? Então o que estamos conversando é conversa fiada? Mas que homem mais ignorante! Estou é para ver coisa igual.

E abalou para pôr as coisas na mesa, enquanto ele, muito calmo, tirava um cigarro e o acendia. Depois, recostado na cadeira, com seu largo e terno sorriso, debochava do aranzel da mulher. Sempre resmungando pelos modos pífios do marido, ela arrumou a mesa.

Os filhos começaram a chegar. Quando dei por mim estava no meio de uma família de seis membros. Tomamos o pequeno almoço e, em seguida, fomos todos assistir à missa, como era minha intenção. Já notara que, quando eu conversava com meu senhorio, a sua filha mais velha deitava-me uns olhares compridos e lânguidos, parecendo querer me devorar. Porém, como se tratava de uma moça bem mais nova do que eu, jamais pensei que, por detrás daqueles olhares, houvesse algo de malicioso, e sim que fosse uma maneira de ser gentil e cordial para comigo, em razão da amizade e dos sentimentos que me uniam a seu pai. Longe estava eu de pensar que aquela mocinha, acabada de sair dos cueiros, estar de olho em mim... e, o pior, com o beneplácito de toda a família!...

Pelo trajeto da ida para a igreja, dona Ana e o senhor José, de braço dado, iam a nossa frente. Ali eu senti algo de muito sutil quando Adélia se veio colocar ao meu lado, muito ladina e astuta, enfiando seu braço no meu como se fôssemos velhos conhecidos, enquanto os outros irmãos seguiam atrás. Não será necessário dizer da minha encabulação, do meu constrangimento. O meu rosto ficou cor de greda de vergonha. E ela, muito atrevida (nisto se parecia com a mãe), conversava ora comigo, ora com a mãe ou com o pai, como se tudo fosse muito natural e casual. Os irmãos começaram logo a tirar sarro dela e de mim, com dichotes e galhofas, diretas e indiretas. Eu, então, não sabia onde esconder o rosto de tanta vergonha. Enquanto ela, com a maior cara de pau, com a cara mais deslavada, ria com eles, ajudando-os a gozarem com a minha cara.

Eu, homem feito, formado, com enormes entradas (para não dizer careca), com ar respeitável, talvez pela minha sisudez, e ela, uma criança em relação a mim, estudante, franzina. Era óbvio não haver outro interesse se não o de nos unir pelo matrimônio, mas nada mais do que um interesse social. Isso não apenas pela diferença de idade, mas porque, naquele momento, eu não tinha patrimônio nenhum para seduzir qualquer mulher.

Esta situação deixava-me, além de embaraçado, de certa maneira constrangido e indeciso. Aproveitando-se desta minha indecisão, os Castros todos se uniram em conluio para me envolverem com Adélia.

O derriço com Adélia

A filha dos meus senhorios era uma dessas mocinhas inteligentes, sagazes, matreiras, mas feia que doía. Tinha grandes olhos castanhos, mas era só! Esses seus olhos encravados num rosto miúdo, com enorme nariz adunco, as faces chapadas, encovadas, apresentavam uma magreza que ela não tinha. Os cabelos lisótricos deixavam às vezes ver as orelhas escarrapachadas para fora do rosto, como se fossem dois capachos de abanar. A boca, cujo lábio inferior era mais grosso do que o superior, dava-lhe caracteres de belfa, deixando contudo ver uma fileira de dentes pequeninos e brancos como pérolas. Era todavia o que se poderia aproveitar daquele rosto grotesco e caricato, para o meu gosto. Realmente, as suas feições não combinavam umas com as outras. O corpo então nem se fala... Era um trambolho mal-ajeitado e gebo, que não tinha por onde se lhe pegar. Ora, eu que sempre fui muito exigente em questões de aparência de minhas namoradas, fiquei desapontado com aquele enredo que queriam me enfiar goela abaixo. Não é que eu ambicionasse uma Cleópatra, uma Helena de Troia ou tampouco uma Maria Antonieta! Mas assim tão feia,também não!

A princípio, desesperei-me, mas a família me cativou de tal maneira e tão nobres me pareciam de coração e sentimentos que eu me fui deixando levar ao sabor de um gozo familiar, onde a barulhenta e confusa cidade me aturdia de tal modo e a ponto de me tornar um piegas prisioneiro destes pueris sentimentos.

Nesse mesmo dia, me convidaram para com eles almoçar. Eu, bobalhão, deixei-me arrastar por este sentimento bucólico que sempre me caracterizou e embarquei no almoço dos Castros.

Assim, de repente, me vi envolvido num emaranhado de sentimentalismos alheios a minha vontade. Quando dei por mim estava namorando a belfa Adélia. Imaginem como ela era lesta: logo no outro dia, surdiu à minha frente, esperando-me no portão do palácio, para eu levá-la ao colégio onde estudava. Confesso que, quando a vi na minha frente, senti um rebuliço no meu coração ao vê-la ali prostrada, com uma audácia e um destemor de pasmar, a convidar-me a acompanhá-la ao seu lugar de estudos.

Realmente, eu não tinha nenhuma simpatia pela minha pretendente, além do mais o nosso relacionamento era tão recente e fresco que me causou grande espanto, muita cisma e desconfiança, esta atitude da filha dos meus senhorios. E assim, tudo isto começou a entediar-me, pois de que me serviriam tantos dengos, tanto servilismos, se eu já era infeliz com a sua aproximação? Então, num raciocínio rápido, inventei um encontro com um amigo. Mas ela, esperta, disse:

– Ah, então esse seu amigo tem mais importância para você do que eu?... – Como eu não queria magoá-la, respondi:

– Não, não é isso. É que eu já havia combinado com ele de nos encontrarmos e agora fica mal se eu faltar ao encontro, entendeu?

– Se é assim, está bem! Vá com seu amigo – respondeu secamente.

Desta vez consegui escapar. Contudo comecei a matutar desde logo qual a desculpa para a próxima porque ela era feia, mas de burra, não tinha nada! Na verdade, deveria agir com naturalidade e sagacidade para não fazer desfeitas principalmente aos meus senhorios, em cujo namoro eles depositavam muitas esperanças para o desencalhe da filha. Mais parecendo um caguinchas do que um bacharel em farmácia, e, ali mesmo me despedi, indo para um lado e ela para outro.

Os regalos às vezes compensam

Fluíam os dias num diapasão monótono e triste porque eu carregava ideações funestas e cruéis sobre um namoro pesaroso, talvez sob a égide de Mefistófeles, que me atassalhava o coração e enegrecia a alma. Todavia, levado pelo conforto dos meus gostos e regalos gastronômicos, quedava-me cismando numa indolência enternecida e doce da minha existência, particularmente depois de um bom jantar saboroso, regado a bom vinho lusitano (da região de Colares) com meu futuro sogro, vendo Adélia cavaquear com a mãe, enquanto arrumava a cozinha. Enfim, se a moça não era bonita, pelo menos a comida e o alojamento eram de classe A, de primeira.

Invariavelmente, acontecia quase todos os dias, após tomar banho ao chegar em casa, os Castros me mandavam chamar para deglutir os maravilhosos jantares de dona Ana. Era como se fosse casado. Por vezes, eu detestava esta interferência em minha vida, mas que fazer? Infelizmente já tinha ido muito longe e agora numa vida rotineira e, por que não dizer, de empanturramento de meus intestinos, por conveniência e interesse, ia-me banquetear juntamente com meus futuros sogros, como se fosse uma devoção mística.

Mas, numa noite, quando chegava a casa após um dia de intenso trabalho, pensando e relembrando todos estes favores dos Castros, cabisbaixo, ao me dirigir ao meu aposento, encontrei duas lindas mulheres, que também chegavam naquele momento ao seu quarto.

Eram novas ali no palácio. Nunca as vira durante minha permanência na casa. Qual não foi a minha surpresa quando as vi abrir justamente a porta do quarto que dava de frente ao meu. Isto é, para o nosso, meu e do Francesco.

Um pouco trêmulo, bruxuleante, tentei enfiar a chave atabalhoadamente na fechadura, com muita dificuldade. Encaneci-me, fiz-me vermelho, amarelo, não se que mais. Pelo grande nervosismo que se apoderou de mim, não conseguia atinar com o buraco da fechadura. Uma das moças esperava a outra abrir a porta do seu quarto, observando a minha atrapalhação com um sorriso maroto nos lábios. Olhava-me com ares zombeteiros e sacanas.

Refiz-me então daquela primeira impressão. Quando elas abriram a porta do seu aposento, numa espécie de provocação, deixaram-na entreaberta para eu as poder ver já no interior de seu quarto. À luz clara ainda me pareceram mais admiráveis, extraordinárias e deliciosas. Oh, que divinas, meu Deus! Parecia um presente dos céus! Que miríficas!...

Depois, aquela que abrira a porta veio mansamente fechá-la como se fosse um convite incensador. Também com minha porta aberta, eu fiquei na esperança de requestar ao menos um olhar daquela que me ficara observando com olhos emolientes.

Naquela noite, meus pensamentos volveram-se todos para aquela mulher que me havia deixado deslumbrado e pasmo. Aparecia-me talvez a grande oportunidade em poder conquistá-la. Deste modo, fiquei que nem barata tonta, sem saber o que fazer para dispensar Adélia. Suspirei, anelei e maldisse a minha triste sina! Pois agora, ao deparar-me com o momento de eu ter uma verdadeira mulher a meu lado, o que tinha eu? Tinha Adélia! Adélia, uma caganifância, um traste, um projeto de mulher que nada valia. Joguei-me em cima da cama a cismar o meu implacável azar. Quedei-me de olhos fixos no teto e, mesmo de mente perturbada, fiz um severo exame de meu futuro amoroso e, calculando bem, vi que nem tudo estava perdido. Naturalmente, se usasse um pouquinho da minha inteligência e sagacidade, talvez conseguisse reverter o caso e conseguisse recompor-me.

Levantei-me nos bicos dos pés e fui espreitar à porta do quarto das minhas vizinhas. De lá, nenhum ruído se escutava. A porta estava hermeticamente fechada. Retornei ao meu quarto, armei-me de uma toalha e fui para o banheiro comunitário. Havia gente lá dentro, ainda que fosse contra minha índole, só por curiosidade, dei uma olhadela no tal buraco que Francesco havia feito. Meu Deus!... De início não quis acreditar. Pensei que fosse visão de ninfomania. Refeito do susto, e ainda gozando o efeito desta imaginação, olhei novamente, e o que vi? Nada mais, nada menos do que as minhas recentes vizinhas completamente desnudas, lavando-se uma a outra. Pareciam duas ninfas, porém estas não eram lésbicas. Positivamente foi uma dádiva este banquete de nudismo, o qual me é inefável. Oh!, bacanais romanos outrora vividos em banquetes cantados por Catulo! Oh, orgias sensuais e deslumbrantes dos lupanares à Severa, cheios de amantes ardentes! Quantas vezes o meu coração suspirou no desejo de tirar o meu atraso num amor destes, neste momento, ali quase ao meu alcance...

Quando Deus fez o mundo, nele colocou uns seres admiráveis chamados mulheres, consideravelmente diferentes daqueles apenas conhecidos como fêmeas. Às primeiras a Bíblia faz referência especial dizendo que usavam para cobrir as partes pudendas apenas uma folha de parreira. Hoje, entretanto, existe todo um ornato artístico e sinfônico de rendas e lingerie, sedas e cetins e outros finos tecidos afins, onde estes seres divinos e sensíveis guardam discretamente aquelas partes que qualquer homem, por mais insensível ou imbecil que seja, gostaria de lhes passar os cinco dedos da mão, ou quiçá, os lábios buliçosos, em desejos inenarráveis...

Volvendo à minha espetacular descoberta, digo que fiquei estupefato com aquilo que vi dentro do banheiro. Entretanto, as pessoas começaram a chegar e eu não pude ver mais nada daquelas belas sereias que tanto me extasiaram. Aguardei com ansiedade a saída de ambas para eu poder gozar as delícias de um banho nas águas tépidas de nosso serralho. Porém, a ânsia de ver minhas vizinhas era tanta que mal deixei cair uns pingos de água pelas costas, um pequeno borrifo pelo rosto e, imediatamente, me retirei para o meu quarto no afã de ver as moças saírem.

Nesta embriaguez e afobação, esqueci-me de um encontro marcado com Adélia naquela mesma noite. Cheguei atrasado! Ah, meu amigo, não lhe conto nada! A moça veio com sete pedras na mão para cima de mim, com uma cacatua tão grande de destemperos que só faltou me bater! E, de dedo em riste no meu nariz, vociferou: – Que seja a última vez, ouviu?

Tal foi a impetuosidade de sua raiva, a maneira soberba do seu gesto, que não pude deixar de revidar àqueles desaforos e afrontas. Foi preciso dona Ana interferir para acalmar nossos ânimos, a fim de dissuadir nossos espíritos e desarmar nosso antagonismo.

Entretanto, para mim tudo ficou muito claro. Este banzé, esta fúria de Adélia era um ensaio, uma simulação tramada entre a filha e a mãe no sentido de me dominarem. É como diz o velho adágio: "É de pequenino que se dobra o pepino". A princípio não me toquei de haver ali um conluio entre ambas para fazer de mim um canguinhas, um néscio qualquer que, ao menor frêmito de uma delas, eu viesse ascético bajular as fímbrias de suas saias.

Como cheguei atrasado, Adélia aproveitara a oportunidade para testar o plano urdido por ambas. Se eu aceitasse, era meio caminho andado. E assim estaria traçado o meu ignóbil destino e triste fado. Contudo, outro fato novo acontecera, o que aliás me favoreceu e que narrarei a seguir.

A ingratidão dos filhos

Relatei como era o senhor José. Mas nunca é demais falar de uma pessoa boa, honesta, sensível e de bons princípios. Como disse, o senhor José era um homem de pouca instrução e cultura, mas de muitos bons atributos. Não era porque não tinha cultura que privara os filhos de tê-la.

Naquela noite da discussão entre mim e Adélia, o senhor José estava sentado numa cadeira, muito abalado e triste. Não deu nem um pio sobre o nosso desentendimento. Bem depois de nosso bate-boca ter terminado, notei o homem ali sentado triste e macambúzio. O meu primeiro pensamento foi o de ele estar aborrecido comigo por causa do acontecido. Como era meu dever, puxei conversa para lhe explicar as razões do meu atraso (lógico que não iria lhe dizer a verdade), para inventar uma desculpa para me defender. Qual não foi o meu espanto quando ele, com os olhos rasos d'água e com a voz um pouco rouca, disse:

– Amigo Ferro, o meu aborrecimento não tem nada a ver com essas conversas de vocês! O meu aborrecimento é coisa muito pior! Tenho até vergonha de contar...

– Se a sua tristeza não tem a ver com a nossa conversa e o senhor diz que é coisa muito pior, o que diabo pode ser?

– Olhe, não deveria lhe contar estas coisas, mas como o senhor é como se fosse da família, vou contar-lhe tudo!

Dona Ana estava lidando na cozinha, porém com as antenas ligadas. Numa daquelas suas tiradas idiotas, exclamou:

– Oh, homem! Fica calado! Que mania triste, não pode guardar um segredo sequer por um minuto, que diabo!...

– Olha lá! Isto é assunto meu, posso dizê-lo a quem quiser e bem entender, está acabado. Continuando, meu futuro sogro pediu-me segredo da narrativa, todavia com a censura da mulher. Então, começou por me dizer que tinha vindo do Juizado de Menores e recebido um corretivo do juiz pelo seguinte fato:

– O senhor sabe como trato os meus filhos, não sabe? Claro que sabe. Pois bem, o Vadinho, por ser o caçula, tem tido de todos nós da família exagerados mimos e atenções. Talvez seja até culpa minha e, por isso, não sei, também foi sempre o mais perverso e traquinas. Pois não é que agora acabou de me aprontar uma que eu não esperava! Se contar isto por aí, são capazes de não acreditar.

– O que é isso, senhor José! É assim tão cabeluda a história?

– Sim, senhor, põe cabeluda nisso!... Escute só: o senhor conhece o médico do consultório ali em frente, o doutor Marcelo, não conhece? Pois é, o doutor é nosso amigo há muitos anos. É pessoa amiga e generosa, não desconfia de ninguém, é uma boa alma. Quando vem para o consultório, ele abre as portas e janelas lá dos fundos do quintal para entrar ar. Como as paredes são altas e os vizinhos são pessoas honestas, às vezes ele se esquece de fechar as janelas traseiras do consultório. Pois é! Então, não é que o moleque Vadinho pulou dois muros dos quintais e foi roubar dinheiro que o homem deixou numa gaveta da escrivaninha! Pode ser uma coisa destas? Não sei quem viu o moleque pular os muros e, quando o médico se queixou que lhe haviam roubado o dinheiro, imediatamente ligaram uma coisa a outra e acusaram o Vadinho. O doutor Marcelo é meu amigo e sabe que não gosto dessas coisas. Como amigo, meu médico, ele veio aqui em casa e contou-me tudo, inclusive disse o nome das pessoas que viram o Vadinho pular o muro. Eu fiz uma investigação, constatei a verdade dos fatos.

Chamei o moleque, fechei-o no quarto, apertei-o e ele também confessou ter roubado mil e duzentos cruzeiros. Aí meu amigo, peguei a cinta e dei-lhe uma surra de deixar marcas na bunda e nas costas e não sei onde mais...

– Fez bem, senhor José! Fez bem! – disse eu em sinal de aplauso ao pai honrado. – Fez muito bem!

– É o que você pensa! – rosnou o homem revoltado. – É o que qualquer pessoa honestamente pode pensar. Mas não é o que o juiz pensa! Pois acredite se quiser! O moleque foi queixar-se ao Juizado de Menores e hoje fui lá chamado. Evidentemente, como pai, honestamente contei como se tinham passado os fatos e confirmei que lhe havia batido com a correia. Você sabe o que o juiz me disse? Entre outras coisas que eu poderia ser preso por maus tratos ao meu filho. Depois o juiz passou-me tal corretivo, diante do meu filho, que eu fiquei menor do que um bago de arroz. Então, voltei-me para o juiz e disse:

– Muito bem, excelência! Eu não posso castigar o meu filho quando ele rouba ou pratica algum ato contra a moral pública, mas posso dar-lhe comida e roupa lavada e ficar caladinho, alheio a todas essas vergonhas dentro da minha casa? Pois se é assim, saiba vossa excelência que na minha casa não há lugar para vagabundos e ladrões. Na minha casa esse vagabundo não põe mais os pés e está acabado.

– Ah, mas o senhor não pode fazer isso! – disse o juiz. – O senhor é o pai, tem a obrigação de educar.

– Saiba vossa excelência que o que eu fiz também faz parte da educação; porque, na próxima vez que ele roubar, vai se lembrar da surra e, quem sabe, não roubará mais. Porém, com o apoio aqui recebido, receio que não lhe sirva de lição e volte a roubar. Como disse, na minha casa mando eu e lá não há lugar para ladrões nem safados e vagabundos iguais a este malandro que veio queixar-se do próprio pai às autoridades. Faça vossa excelência dele o que bem entender...

– Mas o senhor é obrigado por lei a dar-lhe teto e sustento até a maioridade!

– Sou obrigado? E quem me obriga?

– O Estado!

– E se o Estado me prender, como o senhor doutor aí disse? Quem vai sustentar o resto da minha família e ele próprio, se eles dependem do meu trabalho? Quem?... Quem?...

– Mas eu não o vou mandar prender!

– Contudo, me ameaçou, ou não? De mais a mais, o Estado não me pode obrigar a dar guarida a infratores. Quem tem de guardar infratores é o Estado.

Nesta altura dos acontecimentos, como eu já estava ficando nervoso, pedi licença, dei as costas ao juiz e vim embora. O moleque ficou lá com eles. Com certeza vão querer obrigar-me a deixá-lo morar aqui em casa. Lugar de ladrão, vagabundo, safado é na cadeia. – Concluiu o honesto senhor José.

Estupefato, escutei as mágoas daquele homem que começava a ter as primeiras desilusões com a sua prole. Imaginando o desgosto que lhe ia na alma, aborrecido por estes funestos acontecimentos, dei as boas-noites e retirei-me sob forte emoção.

Capítulo III

Mudança de curso

A maçã teve o condão de mudar por duas vezes o curso da história da humanidade. A primeira vez foi quando Adão e Eva cometeram o pecado capital, cujo desfecho foi a expulsão dos dois do Paraíso. Aliás, foi também a primeira ação de despejo de que temos conhecimento, desde que o mundo é mundo. A segunda foi quando Isaac Newton, ao ver cair o citado fruto de cima da árvore, o que lhe despertou a atenção e a curiosidade, indagou: *Por que caiu a maçã?* E, como bom filósofo, pensou: *Pois, se ninguém lhe deu impulso para que caísse, por que caiu?* ... Para qualquer pessoa normal, cair um fruto era comum, mas para Newton, não. Porque, para o cientista, alguma força deveria ter agido sobre a maçã e impulsionou-a para cair. A princípio ele não encontrou justificativa plausível para este fenômeno. Entretanto, o célebre cientista, sempre em indagações e conjecturas infindáveis, mesmo pisando terrenos sáfaros, estudando em códices, chegou à conclusão de haver descoberto uma das leis mais importantes para a humanidade, até então completamente desconhecida, a que ele mesmo deu o nome de Lei da Gravitação Universal.

Deste modo, o que era natural passou a ser fenomenal. Assim, por esta descoberta tão simples, porém fora do raciocínio dos comuns, foi Newton consagrado como um dos maiores pensadores do seu tempo.

De propósito, fui buscar estes dois exemplos da maçã para dar uma ideia de como também na minha existência ocorreram dois fatos que mudaram substancialmente o rumo da minha pobre vida e do meu penar.

O primeiro destes fatos foi Adélia. Pois, entrando na minha vida por uma porta escusa e marota, contra minha vontade, veio sobremaneira entristecer os meus dias e tolher a minha liberdade. Como é fato conhecido, o meu conceito a respeito da filha dos meus senhorios era de um negativismo e niilismo absolutos. Por isso, não estava nos meus planos uma ligação amorosa com ela.

O segundo foi o pesado fardo que deveria carregar sobre os meus ombros, dali em diante devido a um programa indefinido, nevoento e pueril, sem ideal, ao me deixar embalar nos prazeres da mesa e deixar de lado os não menos importantes, os da cama.

Mas, depois daquele arrufo com Adélia, quando dona Ana interveio no sentido de apaziguar e eu ficara furibundo, vermelho de raiva, e a história do Vadinho veio de certo modo atenuar esse sentimento. Houve um interregno. No instante em que nossas atenções foram desviadas para escutar o senhor José nos seus queixumes sobre o desfecho de sua história, sorrateiramente aproveitei o momento para sair sem ao menos olhar onde estava a moça.

Não eram passados dez minutos, estava eu no meu quarto escutando música clássica quando a irmã mais nova de Adélia veio bater à porta, dizendo:

– A minha irmã quer falar com você!

– Diga à sua irmã que não tenho nada a falar com ela. Estou ocupado!

A menina deu meia volta e foi dar o recado à irmã. Porém, logo a seguir retornou para me dizer para ir lá embaixo falar com ela. Caso não fosse, ela viria falar comigo ali mesmo no meu quarto.

– Pois então que venha! – respondi. – Mas dizei-lhe que não lhe abro a porta e ela vai passar grande vexame. Vai, dizei-lhe! Dizei-lhe! – Só sei que a moleca não voltou e nem Adélia, graças a Deus. Ficamos de ali em diante de relações cortadas, amuados.

O reatamento

Passou-se a primeira semana. Comecei a sentir falta de alguma coisa que tinha enquanto estava com Adélia. Habituado a chegar a casa e encontrar o meu quarto bem arrumado, limpinho e, desde que iniciamos o namoro, a jantar à noite com a família da minha namorada, enfim, estas mordomias davam saudades! Se atentarmos bem nos detalhes da nossa vida cotidiana, é assaz relevante e auspicioso um jantar bem quentinho, regado a bom vinho português, muito diferentes daqueles sanduíches do bar da esquina, onde impera a sujeira, a porcaria e os maus serviços. Ou não é? Por isso, uma saudade enorme começou a apertar o meu peito ao lembrar-me dos belos e deliciosos jantares de dona Ana, e da cavaqueira com o senhor José, ainda que tivesse a importunar-me a presença hedionda de Adélia. Se, de um lado, o namoro era incômodo e hipócrita, de outro, repimpava-me com aquelas iguarias e mordomias sempre convenientes e fartas. Em decorrência desses interesses, deixei-me mais uma vez enredar no namoro com Adélia.

É de bom alvedrio dizer que, nesta altura, eu já havia adquirido alguma intimidade com as minhas vizinhas de quarto e me servido de certo expediente indecoroso de Francesco para lhes admirar os esculturais corpos. E, igualmente, dizer da minha inclinação apaixonada por uma delas.

Agora também procedendo como um lamecha, pegava a mania de Francesco só para ver minha musa tomar banho. Devo também confessar o meu ciúme só em pensar que o meu companheiro poderia espiar a minha preferida desnuda. Sim, porque aquela eu queria somente para mim. Mal eu sentia ela se dirigir ao banheiro, eu me plantava ali, de plantão, para ele não a olhar.

Francesco reclamava, chamando-me de egoísta, possesso e outros adjetivos extravagantes. Porém, pouco me importava com do que ele me chamava porque, na verdade, pensava em resguardar aquela mulher dos olhos gulosos e impudicos dele, preservando somente para mim a vista daquele corpo escultural, de Vênus.

Certa noite, ao chegar a casa, o meu companheiro estava numa alacridade estonteante. Com o rosto escarlate, com um sorriso cínico e ridículo, um ar sacana, cabeleira desgrenhada em desalinho, os seus olhos miúdos, luzidios, aflorados, quase a sair das órbitas, queria narrar-me um episódio grandíloquo. Sentou à borda da minha cama e disse-me:

– Sente-se aqui do meu lado para você não cair!

– Mas o que é que foi? Que mistério é esse? – indaguei.

– Acabo de ver a sua musa nuazinha. Acabo de vê-la tal e qual a mãe a teve! Que coisa mais linda, meu Deus!...

Eu esperava tudo menos aquilo de Francesco, pois lhe tinha feito vários pedidos nesse sentido. Então, olhei bem no fundo dos seus olhos e vociferei:

– Porra, Francesco! Quantas vezes lhe pedi para não fazer isso? Você sabe que esta é somente minha, não era para botar o olho. E ainda por cima vem me falar uma coisa dessas? Cacete! – praguejei, puto da vida. Aí larguei a lenha nele.

– Afinal, pensei que você tivesse consideração por mim. Porra! Tem tanta mulher aí na casa onde você possa matar as suas excentricidades e logo essa que eu queria só para mim, você vem acabar com toda a minha fantasia! Francamente, acho que você não é meu amigo.

A me ver assim tão emputecido, ele exclamou com sua ironia e um sarcasmo de pasmar:

– Oh, amigo Ferro! Você que diz não sentir nenhum prazer em ver as mulheres nuas, por que está assim tão bronqueado? Afinal, mais uma, menos uma não aumenta nem diminui nada!

– Foda-se – vociferei contra o sentido gozador das palavras do italiano. – As outras, já lhe disse, você pode olhar o dia inteiro se quiser e entender, mas aquela!(?)...

– Oh, amigo Ferro! Parece que você está exorbitando, indo fora do casulo muito rapidamente. Pelo que sei, homens castos iguais a você não se comportam como o amigo: amando uma mulher e desejando outra. Então, onde estamos nós? Isso não pode acontecer às ovelhas do senhor! – respondeu o meu interlocutor à minha exasperação.

A estas palavras eu não poderia ficar calado e quieto, mesmo porque desejava aquela mulher só para mim. Daí a minha repulsa, o meu estupor clamando pela razão deste meu desejo. Quase a ulular, disse:

– Escute aqui,ó Francesco! Abraão, casado com Sara, dádiva de Deus, teve um filho com a sua escrava com o consentimento do Senhor e o beneplácito da sua mulher. Por que não posso ter uma namorada e uma mulher ao mesmo tempo? Ora, se isso foi possível com personagens sagradas da Bíblia, por que não posso eu, um simples mortal, usar o mesmo expediente? E, depois, ainda não sou casado com Adélia. Se fosse, penso que teria o mesmo direito de qualquer outro homem. Pois não dizem que todo homem tem direito a sete mulheres? Se for assim, eu preciso arrumar pelo menos mais cinco para completar a minha cota. Estou certo ou errado?

– Acho que sim. Entendo que você tem direito, porém com o seu temor a Deus, entendo que não se pode deixar corromper por desejos sexuais, que antes não sejam traçados pelos desígnios do Divino! – enfatizou o meu companheiro.

– Tudo bem! Mas sendo assim, é oportuno esclarecer-lhe alguns pontos. Primeiro: você pensa que vou casar com Adélia? Na verdade, se assim pensa, está enganado. Segundo: o meu namoro é por pura conveniência. Ou você ainda não percebeu isso? Terceiro: namoro porque fui coagido a tal. Ou você não chegou a esta conclusão? Eis portanto, os motivos deste enleio. No mais, tenho a pedir-lhe que não vá mais espreitar a nossa vizinha, por quem estou verdadeiramente apaixonado. Entendidos?

Francesco deu uma risada sacana de escárnio, não disse mais nada, deitou-se e dormiu. Eu também estava cansado. Consegui ler algumas palavras de um pequeno in-fólio, normalmente acima da minha mesinha de cabeceira, até vir o sono. Apaguei a luz e dormi pensando na minha musa.

O casarão assombrado

No outro dia, levantei-me apático, com a cabeça pesada e mal-humorado. Só tive tempo de me barbear e tomar um banho rápido. Peguei a minha pasta de trabalho e fui ao serviço.

Estava um dia de calor intenso, com o céu azul-ferrete, um sol rutilante logo pela manhã, prenunciando chuvas torrenciais para a tarde. O meu itinerário, traçado previamente naquele dia, deveria ser feito totalmente a pé, pela escassez de condução naqueles lugares. Várias vezes, já havia notado ali, em certa rua, um casarão enorme e lúgubre, cujas paredes escafeladas e sujas, sem pintura, com as portas e janelas em péssimo estado de conservação, muitas até quebradas, me chamara a atenção. Era como

se não tivesse dono o velho casarão. Porém, a mim me chamava a atenção particularmente aquela majestosa e vetusta edificação abandonada, num relaxamento de fazer pena. Na verdade, já me passara pela ideia fazer daquele casarão o mesmo que dona Ana fizera com o palácio. Isto é, reformá-lo e depois sublocar.

Em frente havia um boteco. Entrei com a intenção de tomar café e pedir informações sobe a soturna edificação. Entretanto, quis saber por que é que estava aquela casa assim ao deus-dará. Espantei-me quando o dono do botequim me disse que ali apareciam almas de outro mundo, fantasmas e uma porção de lorotas inacreditáveis. Quis aprofundar-me sobre os reais motivos desta má fama, mas o dono do bar não me soube responder. Por coincidência, o homem também era português e aí as coisas ficaram mais fáceis para mim porque ele, interessado em me ajudar, disse-me que quem sabia de toda a história daquela casa era um tabaréu pernambucano, ali sentado num escabelo, à porta do bar. E, chamando-o, disse o dono do bar:

– Oh, Severino, este amigo quer saber por que o sobrado está abandonado e por que tem fama de mal-assombrado! Anda, explica-lhe, conta-lhe a história!

O homem olhou para mim desconfiado e respondeu ao taberneiro:

– Explique você! Sabe o mesmo que eu sei e por que não diz?

Contudo, devido à insistência do meu patrício e minha, o Severino resolveu narrar-me o que sabia e, talvez, o que não sabia sobre o casarão:

– Dizem que há almas do outro mundo aí dentro. Nunca vi nem escutei nem percebi nada. Estou como o espanhol que diz: "*ai bruxas, non lo acredito, pero que las ai, las ai!...*" E, numa risada de proxeneta, ao mesmo tempo em que baforava um cigarro, pigarreando, começou a narrativa:

– Às sextas-feiras, lá pelas onze horas ou meia-noite, dizem que aparecem pessoas gemendo, as portas internas batem como se alguém as tivesse abrindo e fechando, há um martelar constante, como se alguém tivesse pregando o assoalho, ruídos e barulhos de panelas ou, às vezes, parece que estão quebrando pratos. Enfim, acontecem coisas aí anormais, parecendo que de outro mundo... falam que às sextas-feiras, quando a lua vai cheia, são as piores noites.

Começou então a contar a história de um sujeito que não acreditava nessas bruxarias e alugou a casa para a família morar.

– Imagine você! O homem fez uma bela reforma, limpou e pintou toda a casa por dentro e por fora e fez a mudança. Parece que ele mudou num sábado ou domingo, não me recordo. Só sei dizer que nos primeiros dias correu tudo maravilhosamente bem. Mas quando chegou a sexta-feira, conforme depoimento da mulher do casal, foi um inferno. As portas internas abriam-se e se fechavam sem ninguém as tocar, as louças apareciam quebradas, lâmpadas acendiam e apagavam sozinhas, os armários pareciam arrastar-se sem ninguém os tocar e, simultaneamente, parecia ouvir-se a respiração e gemidos de angústia de pessoas... Olhe, pelo que disse a mulher, se há inferno este estava dentro dessa casa. O pior é que, quando o homem levantava para ver o que estava acontecendo, tudo voltava à normalidade!

– O homem era um desses metidos a machão e de maneira nenhuma queria se mudar de lá, principalmente porque o casarão ficara muito bonito depois da reforma. Não dava o braço a torcer porque, ele dizia, não acreditava em almas do outro mundo e muito menos em bruxarias. Porém, a coitada da mulher, muito assustada quando ouvia aqueles barulhos e via coisas estranhas, não quis mais ficar na casa nem mais um minuto. Saiu, foi morar com os filhos na casa de um seu irmão, ali para os lados da Aclimação. Entretanto, o marido metido a macho deblaterava com empáfia: *Só quero ver aonde isto vai dar! Daqui não vou mudar nem que a vaca tussa.* Ficou ali morando sozinho por mais algum tempo. Porém, certo dia, confessou a alguém que ali estava mais por empenho à palavra dada. Pois o seu desejo era cair fora porque, à medida que o tempo decorria, apareciam ainda mais barulhos, a confusão só aumentava e, nos últimos tempos, a intensidade era tão forte e tão frêmitos eram os ruídos que ele não conseguia dormir. Em decorrência dessas aberrações, não trabalhava e passava os dias perambulando pelas ruas, falando sozinho em voz alta, como se tivesse enlouquecido. Por fim, ele desapareceu dali, nunca mais ninguém o viu. Parece que pirou de vez – finalizou o pernambucano.

No entanto, não levei em conta o meu interlocutor e nem aqueles fatos narrados. Primeiro porque não acreditava nessas coisas de bruxarias e muito menos em almas do outro mundo. Segundo, a minha formação religiosa me fazia desconfiar de tudo quanto não fosse divino e sagrado. Então, por que eu iria acreditar no satanás ou nas maléficas obras, se eu era um fervoroso crente na Nossa Senhora da Purificação? Mas, é óbvio, sempre ficam retidos em nosso peito aquelas desconfianças e os resíduos de uma curiosidade em desvendar os mistérios encobertos por aquelas histórias impressionantes ali narradas! Daí o desejo de desvendar essas estultícias. Diante disso, assumi comigo mesmo um compromisso de voltar outro dia àquele lugar para dissipar minhas dúvidas ou me aprofundar mais na lenda do casarão assombrado.

Naquele dia atribulado por estas histórias, era minha intenção chegar em casa, tomar um banho e descansar. Mas, ao me sentir chegar, Adélia mandou a irmã mais nova ao meu quarto me chamar.

Cedi friamente ao convite indesejado da minha namorada. Não obstante este importuno convite, lembrei-me daquela mesa farta de dona Ana, cheia de acepipes quentinhos, feitos talvez minutos antes, que deixavam meus olhos cúpidos numa avidez sôfrega. Mais uma vez me deixei embalar pela vontade pífia de minha gula e pelo voraz desejo de encher minha tripa, ao invés de me preocupar com a voz sincera da razão e o sublime desígnio da voz do coração.

Durante o jantar, em conversa informal, narrei a história do casarão, contada pelo pernambucano, e os mistérios das almas do outro mundo lá existentes. Entretanto, o senhor José também já ouvira boatos desta estulta história. De tal forma lhe transmiti os problemas ali acontecidos que ele se interessou pelo assunto, perguntando-me resolutamente:

– Você chegou a saber alguma coisa sobre o tal homem teimoso e descrente?

– Não. Não fiquei sabendo mais nada!

– Olhe, cheguei a conhecer este homem em circunstâncias pouco agradáveis, nada recomendáveis para quem não acredita nesses mistérios.

– E em quais circunstâncias o senhor José o conheceu?

– Pouco agradáveis! Explico melhor...

Quando o homem ia começar a me dizer as tais circunstâncias, eis que Adélia entrou no meio da conversa com as suas denguices. Dizia que aquelas conversas a deixavam nervosa, tensa e cheia de pavores e a impediam de dormir bem durante a noite. Acrescentou ainda uma quantidade de invenções sobre almas do outro mundo que lhe traziam insônias. Tudo isto foi aguçando de tal maneira os meus sentidos que me deixavam ainda mais curioso e cheios de interrogações.

Todavia, é por causa da curiosidade e de interrogações que o homem se diferencia de outros seres. Foi por meio de interrogações que filósofos como Arquimedes, Isaac Newton, Pedro Nunes e tantos outros se diferenciaram dos outros homens de sua época. À imitação destes grandes homens ou, mais ainda, da vetusta ciência, pensei em pesquisar a lenda do sobradão assombrado, no afã de chegar a alguma conclusão, mais científica e clarividente, sobre os boatos e lendas mambembes e atoleimadas que corriam de boca em boca naquele lugar. Todavia, a exiguidade de tempo, o meu trabalho naquele momento, a necessidade de dar assistência à Adélia, e outros prementes problemas me impediram de fazê-lo.

O sacrifício pelo automóvel

Estávamos no verão. O calor deste ano viera forte e intenso, quase insuportável. Conquanto as pessoas procurassem de todas as formas se resguardarem destas altas temperaturas, era-lhes difícil, senão impossível, sentirem-se confortáveis em algures. No entanto, as mulheres ficavam mais femininas e elegantes, com seus trajes leves e vaporosos, quase transparentes: uns colados ao corpo, deixando ver bem as suas formas; outros, porém, mais folgados e largos, em tecidos tênues e finos, exorbitando de certa maneira o modo de se trajarem.

Era por isso que, de quando em quando, surgiam notícias escabrosas sobre indivíduos audaciosos e atrevidos que, ao verem as mulheres assim vestidas, ultrapassando os limites do decoro, agiam como se fossem animais e, alucinados, roçavam-se nos traseiros delas provocando, via de regra, brigas feias por tais atitudes. Para dizer a verdade, era uma indecência, uma pouca-vergonha de ambos os lados.

A minha namorada estudava e, para ir ao colégio, precisava pegar condução. Ora, estas notícias saíam quase todos os dias nos jornais. Os pais de Adélia ficavam alarmados porque achavam que sua filha também estava sujeita a esses vexames de os homens roçarem o pepino em sua bunda. A aparência dela não a ajudava, mas, como se sabe, para homem tarado, desde que use saia e não sendo padre, qualquer coisa serve. Então, a minha futura sogra, para nos unir mais, logo me propôs para eu a levar ao colégio. Estas viagens, além de atrapalharem o meu serviço, eram sobretudo maçadoras por ter de andar com aquele trambolho atrás. Naturalmente, eu demonstrava na minha fisionomia alguma contrariedade em levá-la. Parece que os Castros percebiam, em meu íntimo, este meu repúdio de levar Adélia todos os dias à escola. Acho que este calundu os motivou a tomar a decisão de me comprarem um carro para lhes levar a filha aos estudos. Convenhamos que tudo isto foi muito bem pensado e prudentemente estudado para depois eu continuar a trabalhar com o veículo. Assim, com uma cajadada, eles matavam dois coelhos.

Certa tarde, quando ia chegando a casa, já Adélia me estava esperando à porta de entrada do palacete. Mal pus os pés na sala comunitária, ela pendurou-se no meu pescoço e disse:

– O meu pai quer conversar com você!

– O que quer ele conversar comigo? – interroguei com certa preocupação.

– Não sei, mas pode ficar tranquilo que não é nada sobre nós! – exclamou sem olhar para mim, com jeito envergonhado.

– E quando é que ele quer conversar comigo?

– Agora! Ele está lá dentro esperando você!

Antes mesmo de eu responder, ela abriu a porta da saleta dos Castros e entrei. O senhor José estava sentado numa pequena poltrona forrada de veludo azul, que circundava uma mesinha redonda. Foi só eu entrar, ele levantou-se e estendeu-me a mão e, apontando outra poltrona, disse:

– Sente-se aí, ó Ferro! – Virando-se para a filha, exclamou: – Vai ajudar a tua mãe na cozinha, vai!

Encarando-me sem preâmbulos, o motorista foi direto ao assunto:

– Oh, Ferro! Eu e a Ana estivemos conversando a seu respeito e chegamos à conclusão de que o melhor seria nós comprarmos um carrinho para você levar Adélia ao cursinho. E, depois, você vai à sua vida com a condução! O que acha? O que pensa você desta ideia?

Francamente, eu não esperava uma oferta deste tipo, uma dádiva assim tão espontânea. A princípio fiquei espantado, sem saber o que dizer. Não encontrei palavras para dizer a minha alegria. Aos poucos, retomei a serenidade, fui-me reabilitando do susto e, mais senhor de mim e com naturalidade, indaguei:

– Não sei como lhe agradecer, senhor José! Realmente, necessito de uma condução. Contudo, acho um tanto dispendioso o senhor bancar uma despesa dessas em meu favor.

Muito solícito e ciente daquilo que havia tramado com a mulher para me prender ainda mais à filha, ele foi logo dizendo:

– Oh, homem, estou propondo este negócio porque você tem tido muito boa vontade em levar a minha filha até o colégio. Nós entendemos que assim ficará mais fácil para os dois, além de você ter mais tempo para se dedicar ao seu trabalho! Não acha o amigo?

Eu via nesta manobra o dedo de dona Ana para mais uma vez me enlear com Adélia. De maneira duvidosa, respondi:

– Olhe, senhor José! Não sei se vai dar certo, mas se o senhor entende que haverá algum êxito nesse investimento, não posso recusar esta oferta, mesmo porque estou precisando muito!

Ele ergueu-se da poltrona e respondeu, palavra a palavra:

– Eu e Ana já pensamos tudo. Adélia também concorda. Só falta o amigo dar o sim e estamos conversados.

Hesitei em aceitar assim tão alvoroçadamente aquela oferta extraordinária e propus ao meu futuro sogro que se eles comprassem o carro, ficaria para mim o compromisso de apenas levar a filha deles ao colégio. Houve alguma resistência à minha proposta por parte de dona Ana, mas depois resolveram aceitar a minha imposição.

Agora de carro na porta, não me faltavam olhares femininos, mormente das minhas vizinhas do quarto da frente. Até Francesco enciumara-se da minha ascensão repentina na vida social, saindo-se certo dia com esta:

– O amigo Ferro é um homem de sorte!

– Por quê? – indaguei indignado.

– Por quê? O senhor ainda pergunta? Então o senhor namora a filha da dona da pensão, tem uma porção de mulheres dando em cima de si, acaba de ganhar um carro e ainda pergunta por quê é um homem de sorte? Olhe que isso não é para qualquer um. Ou é?

Não me contive com aquelas invejas encomiásticas:

– Ora, deixe disso, Francesco! Isto não me cheira a sorte, mas, isto sim, a compromissos vindouros, e nada mais. Sorte mesmo teve aquele cara que casou com a Marta Rocha, isso que é sorte! – Continuando, ainda sob os ímpetos da proxenetice do meu companheiro, disse-lhe, contrariado:

– Então, só porque ganhei um carro, mas tive de vender a minha dignidade e liberdade, você acha que tenho sorte? Não sei que diabo de sorte é esta!

– E as mulheres que estão dando em cima de você por causa do carro, não conta?

– Bem, isso é outra coisa. E também não quer dizer que essas mulheres que me olham com rabo de olho estejam apaixonadas por mim. Ou quer?

– Não sei! Quem sabe é o amigo – respondeu ele secamente.

Sei hoje, porém, que a realidade é outra bem diferente. Naturalmente, com sua resposta vazia e seca, ele tinha chegado à conclusão que todas aquelas mordomias me conduziam a uma cândida e feérica felicidade. Sim, era verdade! Na realidade, na minha veleidade, eu deixara-me corromper pelo vil metal e pelos prazeres da tripa intumescida na farta mesa dos Castros. E ele, na sagacidade de um Mefistófeles, observava a minha ascensão social que, de certa forma, lhe causava inveja e incômodo.

Tudo para me desvencilhar

Oh, como eram insinuantes e cada vez mais incentivadores os olhares de minha musa, mesmo sabendo da existência do meu namorico com Adélia! E eu ficava matutando como deveria dar o fora na Adélia, na filha dos meus senhorios. Como eram horríveis aquelas noites e atrozes aquelas horas! Mal dormidas, cheias de fantasmas, onde me aparecia, vez por outra, a figura de dona Ana, com sua cabeleira desgrenhada a dar-me vassouradas nas costas e no cu, como se fosse uma bruxa. Oh, que horror, meu Deus!

Por tudo isto, eu tinha de arrumar um pretexto para brigar com Adélia! Depois de parafusar muito, engendrei finalmente um jeito de arrumar uma briga com ela. Numa das manhãs que a fui levar ao colégio, sabia que ela não gostava que lhe pusessem a mão no joelho. Então, de propósito, coloquei-lhe a minha mão direita sobre seus joelhos. Ai, meu amigo, não lhe conto nada! Num impulso nervoso, ela deu-me uma chapada nas costas da mão, que esta ficou mais vermelha que um pimentão. Aí começou a nossa desavença, por mim planejada. Discutimos, esbravejamos dentro do automóvel. Ela me xingou de indelicado, de abusado, de infame. Também a xinguei de estúpida, de grossa. Quando chegamos à porta do colégio, ela saiu que nem uma bala, sem me dizer uma palavra de reconciliação. Bateu a porta do carro com tanta fúria como se a quisesse quebrar. Convenhamos, era o que eu queria. Conseguira arrumar um pé para poder livrar-me dela pelo menos para os próximos dias...

Após este acontecimento, como era óbvio, fui à procura da minha musa. Sabia que ela trabalhava por perto da Praça das Bandeiras. Fiquei perambulando por ali até a hora do almoço, na esperança de encontrá-la. Debalde, passaram ali milhares de pessoas e da minha adorada nem o cheiro. Diante esta frustação, resolvi ir trabalhar para tentar novamente à tarde, quando as pessoas saíssem dos escritórios.

Quando eram cinco e meia da tarde, plantei-me em frente à porta do edifício onde ela trabalhava. Não deu outra. Passados alguns minutos, ela saía com uma sua colega. Encaminhei-me em sua direção e, quando cheguei perto, disse-lhe um *"olá, como vai!"* Ela, muito espantada com a minha presença ali e naquele momento, com algum nervosismo, disse-me:

– Oi, como vai! Que surpresa! O que faz por aqui?

– O que faço aqui? Sinceramente, procuro você!

– Como procura por mim?... E a sua namorada? Como vai lhe explicar a história de me procurar?

– Acabamos de ter um atrito. Se calhar, é muito provável que não voltemos a conversar mais. A menos que você...

– Sei! A menos que eu lhe diga que não. Não é isso?

– É isso mesmo. Até parece que adivinha os meus pensamentos! – respondi ingenuamente.

– Os seus pensamentos com certeza não os adivinho, mas os pensamentos dos homens me são conhecidos. E como os seus pouca ou nenhuma diferença têm dos outros, logo conheço os seus – respondeu-me com um sorriso irônico nos lábios.

Mesmo com estas ironias e desconfianças, me atrevi a lhe fazer um convite. Naturalmente um convite honesto, sincero, conveniente. E, faceto, perguntei-lhe:

– Que me diz da ideia de irmos jantar?

– Calma, São Paulo não se fez em um dia! Mal acabamos de nos encontrar, de nos conhecer!

– Oh, não diga que não me conhece! Então moramos debaixo do mesmo telhado e não me conhece?

– Nem o senhor a mim!

– Intimamente, não. Por isso, convidei-a para jantar justamente para nos conhecer melhor!

– Sendo assim, a conversa é outra. Se me está convidando para me conhecer melhor, eu, como sou pessoa educada, aceito. Está entendido? Devo acrescentar ainda: há bastante tempo espero por este seu convite!

Neste momento tive a percepção de uma forte inclinação da minha musa pela minha pessoa. Era, enfim, uma deixa para o meu relacionamento amoroso com Rosanete, a minha ninfa. Era só ter um pouco de paciência e Rosanete estaria a meu lado, como eu almejara e desejara impacientemente, em qualquer lugar e a qualquer momento nesta grande metrópole. Esperei mais um pouco pela sua decisão sobre onde deveríamos ir. Alguns minutos depois, ela virou-se para mim com um gesto engraçado e disse:

– Se é que você quer que eu escolha o lugar e o tipo de programa, então toque para o começo da Avenida Paulista.

Não é preciso dizer que, quando ela falou no começo da Avenida Paulista, justamente onde fica o Palácio Ocre, estremeci do bico dos pés até a última raiz de meus cabelos. Porque ali nas redondezas nós morávamos e, de repente, poderíamos encontrar alguém da família de Adélia, o que certamente iria me contrariar muito. Então, indaguei:

– Com certeza você não quer ir para casa, ou quer?

– Não propriamente, mas iremos para um lugar muito perto. Por quê? Está com medo?

– Medo? – respondi com uma espécie de nó na garganta. – Medo não seria bem o termo. No entanto, você há de compreender, não é?

– Ah, sim, compreendo – retrucou com ar de censura. – Compreendo muito bem, mas não é minha intenção encontrar alguém das nossas relações, se isso o preocupa. E, depois, você me disse que havia brigado com sua noiva, logo, mesmo que se encontrem, enquanto estiverem brigados, nada há que possa atrapalhar a sua aproximação com outra mulher. Não lhe parece isto normal?

Conquanto os argumentos de Rosanete fossem bem fundamentados, ocorria que o meu rompimento com Adélia tinha sido muito recente e não ficaria bem para mim, logo ao primeiro dia desta interrupção, ela me ver com outra mulher em derriços e namoros. Para piorar a situação, com uma mulher que morava no mesmo local, sob o mesmo teto. Dava a entender de coisa combinada. Usando estes argumentos, consegui demover Rosanete de rumarmos para o lugar onde ela havia planejado. Assim, fomos parar no Largo do Arouche, num restaurante de nome francês. O primeiro pedido que me fez foi para tratá-la por Rose. Dizia não soar bem o nome Rosanete.

Nunca senti tão extraordinária felicidade como naquela noite. Para mim, aquele encontro encetara uma nova fase na minha vida. Desde que vira Rose, com a sua aparência emblemática, uma grande sensação tomara conta de minha alma e despertara as minhas tentações. A idiossincrasia em mim despertada – a fome, a ânsia de um amor perene e duradouro – transcendia a todos os meus desejos até ali evidenciados. Não sei descrever aqueles momentos felizes vivenciados naquele instante, cheios de uma motivação incalculável e inenarrável, a ponto de, ali diante dela, me faltarem palavras para lhe declarar o meu profundo sentimento.

O jantar fora servido: o vinho Grão-Vasco – por mim escolhido – é que me encorajou a confessar-lhe o quanto a desejava. Ela achou engraçada e romântica a minha confissão. Contudo, gentilmente, foi logo dizendo que não levava muito em conta as minhas palavras considerando o meu estado lamecha. Talvez fosse o vinho quem falava. E, delicadamente, pediu-me para que lhe dissesse a declaração quando estivesse sóbrio. Mudando de assunto, começou a contar-me alguma coisa de seu passado, caracterizado especialmente por algumas desventuras da sua infância e da pobreza dos pais. Também lhe confiei alguns segredos e passagens da minha vida até o término do jantar.

Já era tarde quando chegamos a casa. Assim mesmo, cerquei-me de cuidados para não entrarmos juntos, pois pelo que pude observar, Adélia ainda estava acordada, esperando eu chegar – pelo menos a luz de seu quarto estava acesa e isto me levava a concluir que ela não estava dormindo.

Sutilmente, guardei o carro. Ainda deu tempo de encontrar-me com Rose no andar onde ficavam os nossos aposentos, mesmo porque ela deixou de propósito a porta semiaberta à minha espera. Com uma volúpia voraz, nos beijamos e demos uns abraços frenéticos e, depois, fomos dormir. Deitei-me, sonhei, anelei e, numa felicidade exultante, com ela em meus braços, via coisas mirabolantes atravessarem a minha mente. Neste enlevo dominante, via a minha musa imarcescível incensada de uma fragrância excitante a enrodilhar o meu pobre e eivado coração.

Depois do arrufo

O amuo com Adélia durou vários dias. Ela não queria dar o braço a torcer e eu estava bem acompanhado para procurá-la. Não havia de minha parte nenhum interesse em reatar o namoro. Assim, mantinha-me à distância e indiferente a uma aproximação que me obrigasse àquela enfadonha monotonia de namorar a filha dos meus senhorios. Porém, uma manhã, ao sair de casa, dona Ana veio ao meu encontro e, com os olhos chamejantes de raiva, dardejou:

– Ó, senhor Ferro! O senhor não acha que já é tempo de acabar com esses seus caprichos? Então o senhor não vê o sofrimento da menina? – interrogou ela com uma petulância cínica e diabólica, de meter medo.

Apanhado assim de surpresa, tentei balbuciar algumas palavras em minha defesa, mas não consegui nada além duns vagos e desconexos monossílabos até me acalmar. Todavia, refeito da exasperação que me atormentava, disse:

– Olhe, dona Ana, os caprichos não são meus! Não será a sua filha quem está levando em frente esse capricho? Afinal de quem é a culpa? Minha ou dela? Que mal lhe fiz para ela me xingar de tudo quanto é nome feio?

Aí a mulher pegou a minha palavra e, numa saraivada de impropérios, jogou na minha cara que eu não sabia respeitar a sua casa nem a família que ali morava. Enfim, uma chuvarada de asneiras que nem me atrevo a confessar. Ao final desta ululação, intimou-me a ir à noite conversar com ela e Adélia.

A princípio, recusei. Disse dos meus problemas, arrumei dificuldades, falei das minhas veleidades, arrumei desculpas. Mas como a conversa se estendesse demais, concordei em ir depois do jantar. Todavia ela, muito atrevida, acudiu:

– Não, senhor. Não é para ir depois do jantar, é para ir jantar conosco, com a família!

– Assim eu não vou! – respondi peremptoriamente. Entendia eu, e era verdade, que ela pretendia prender-me à filha pela boca. Bati o pé para ir depois do jantar. E venci.

Às 20h30min lá estava eu plantado. A frieza com que fui recebido estava estampada no rosto de todos, desde a irmã mais nova até o pai, que era homem honesto e sincero. Ainda estavam sentados à mesa. Começou a reunião, que mais parecia um velório, pois estavam todos calados e cabisbaixos. Foi dona Ana quem primeiro usou a palavra, esclarecendo de me haver encontrado na sala comunitária e de me convidar para jantar, porém eu não aceitara. Mas concordara em conversar, o que ela julgava um bom começo. Depois foi Adélia a dizer de estar muito aborrecida comigo porque eu lhe teria voltado as costas, sem mais nem menos. Com estas acusações, eu não pude ficar calado e, de forma incisiva, retruquei, dizendo sentir-me ofendido pelos nomes obscenos com que ela me tratou. Depois todos queriam falar e eu, sagazmente, me calei para não me comprometer mais. O certo, e a vontade de todos, era para eu continuar aquele indesejável namoro.

Ora, eu estava com um monumento de mulher e trocar uma coisa boa por um abacaxi era-me desvantajoso. Então, para não causar mais tumulto e dissabores, disse que iria pensar melhor no assunto porque, na verdade, eu me sentia bastante ofendido e isso era caso para ser pensado.

Como a conversa fosse demorada e intrincada, não conversei esta noite com a minha musa. Quando cheguei ao meu quarto, meu companheiro estava deitado, dormindo um sono profundo. Deitei-me e fiquei matutando como iria resolver esta encrenca com Adélia até superar a insônia e dormir.

Capítulo IV

Oh! Rosanete do céu

Como atrás falei, Rosanete era uma mulher linda, de outro mundo. Parecia ter caído do céu, uma coisa louca. Insinuante, graciosa, morena de 1,65 de altura, um rosto encantador, olhos verdes, muito grandes, pele aveludada, lábios carnudos e sensuais e uma fileira de dentes pequeninos e muito brancos como se fossem pérolas. Há a acrescentar ainda, longas pestanas protegendo seus belos olhos, sobrancelhas bem delineadas, cabelos castanhos e sedosos soltos a baterem-lhe nas costas, lindos! O seu busto era pequeno e gracioso no corpo esbelto de cintura fina, terminando nos quadris não muito largos, mas o suficiente para torná-la uma mulher elegantíssima. E a bundinha, então? Coisa mais linda, cheia de malícia e graça! Redondinha. Ao andar, rebolava num balanço lúbrico e apetitoso. Ah, quanta fantasia e enlevo, meu Deus!... Depois vinham as coxas, também redondas e roliças, descendo as pernas torneadas e esteticamente perfeitas. Esta era a minha musa, a mulher com quem sonhei toda a minha vida...

Estava enfim apaixonado. Com o coração em frangalhos. Como todo homem apaixonado, cantei meu amor em estrofes calhordas, sem nexo e métrica nenhuma, assim:

E agora, Musa!...
Que a ti tenho:
Linda, bela e airosa...
Pena me falte engenho
Pra cantar-te, em verso e prosa...

Seguiam-se outras rudes estrofes mais desajeitadas que esta. Eram tolices de um lamecha ridículo e já não havia o bacharel em farmácia Antônio Ferro, mirífico e imperioso. Quanto à personalidade de Rose não posso descrevê-la minuciosamente porque me restam algumas dúvidas sobre o seu nubloso passado. Hoje reconheço que talvez tivesse sido melhor ter mais cuidado quando a conheci porque assim evitaria sequelas funestas e lamentáveis no futuro.

Na primeira noite em que conversamos no restaurante, ela começou a narrar-me a sua vida. Entretanto, com o adiantado da hora, a conversa ficou somente no início. Nos outros vários encontros, ela foi se abrindo aos poucos e contou-me quase todo o seu passado. Quase todo.

Para começar, falou-me que era do interior de São Paulo, da cidade de Barretos. Provinha de uma família humilde. Tinha cinco irmãos, sendo ela a mais velha. Viera para São Paulo tentar melhor sorte, não apenas para melhorar o seu padrão de vida como também para ajudar seus pais e irmãos menores. Havia em tudo isto uma mistura do passado de Rose com o meu. Pouco a pouco eu ia comparando as nossas condições sociais e concluía pela grande similitude entre nós. Só que eu era imigrante e ela, migrante. Durante nossas conversas, contudo, notei que ela escondia alguma coisa de grave, talvez mais do que a sua condição humilde, como me declinara a princípio. Confidenciou-me como tinha sido a sua meninice. Após terminar o curso primário, empregara-se numa casa de família. Entretanto, ficara mocinha e já nesta altura era cobiçada pelos gabirus da cidade. Instintivamente, com um pouco de vaidade, pensou em melhorar de posição. Pediu à mãe para lhe arrumar outro emprego mais decente e mais bem remunerado. Foi então que apareceu uma loja de roupas de um turco, no centro da cidade, onde se empregou. Aí ficou alguns anos trabalhando enquanto a idade ia avançando e o seu corpo se modelando, criando as formas bonitas e elegantes de mulher. Pelo que me contou, o seu corpo, aos 15 anos, já tinha atingido a plenitude e a formosura da época em que nos conhecemos. Também me disse que foi nessa época que o dono da loja onde trabalhava começou a se engraçar com ela, a olhá-la com cobiça.

No início, não se mostrava receptiva às cantadas do patrão, mas a insistência era tão grande e tão veemente, com promessas de casamento e juras de amor tão obstinadas, que ela aos poucos foi se deixando levar. Acreditando piamente nas declarações solenes do turco, não resistiu e acabou por ser seduzida. Também pudera! Uma menina nova, com pouca ou quase nenhuma instrução, sendo todo santo dia fustigada por um homem maduro, rico pra caramba, com promessas de um futuro cheio de tentações, de automóveis, casa bonita em bairro chique, mobílias das melhores marcas, posição destacada na sociedade local... enfim, quem não se deixaria atrair e entregar-se de corpo e alma ao cínico e embusteiro negociante de roupas? Qualquer uma se entregaria!

Quando a mãe ficou sabendo da perseguição do turco sobre Rose, pelo que ela me disse, imediatamente a tirou do emprego, colocando-a numa outra empresa menor, todavia onde ela pudesse ganhar o seu dinheiro honestamente.

Mas o negociante de roupas não se deu por vencido. Descobrindo o novo emprego da menina, iniciou nova perseguição. Para ele, macaco velho, algo lhe dizia que Rose não resistiria a mais algumas investidas matreiras, capadócias e velhacas. Certo dia, seguindo-a de perto, conduzindo o automóvel, pediu-lhe se não poderia conversar alguns minutos. Ela recusou. Astuto, ele desceu do automóvel, pegando as chaves e balançando-as entre os dedos polegar e indicador, disse:

– Olhe, são suas! É só você querer...

– Minhas? Para que quero um carro? Nem ao menos sei guiar!

– Não sabe por que não quer! Aliás, já tem idade para aprender.

– Como assim?

– Se você quiser, hoje mesmo posso começar a lhe ensinar. É só entrar no carro, pegar no volante e sair.

– Mas eu nunca peguei num volante! – exclamou ela com voz emocionada e empolgada em aprender a dirigir.

– É muito fácil. Experimente e verá como é fácil...

– Não, hoje não.

– Então quando é que você quer começar?

– Se você quiser, pode ser sábado quando eu sair do serviço.

– Combinado. Sábado estarei neste mesmo lugar esperando você. Sem furo, hein!

– Sem furo, disse ela. Despediram-se com um aperto de mão, seguindo cada um o seu rumo.

Primeiras alegrias

Conforme combinado, ambos lá estávamos à hora marcada – disse-me Rose, já um pouco fatigada pela história que me narrava, prosseguindo um pouco ruborizada:

– Aí ele, muito amável, sentou-me ao volante e me foi ensinando como acelerar, a brecar o carro, a mudar as marchas, enfim aquelas primeiras noções de direção. Esta minha primeira aula durou mais ou menos umas duas horas. Enquanto eu ia aprendendo a dirigir, o turco ia me prometendo um rol de coisas infindáveis, das quais eu nem sequer tomava conhecimento porque estava com os sentidos todos voltados para a direção do carro. Mas neste papo, nesta bazófia, ele me convidou para irmos jantar numa cidadezinha que ficava a uns 20 minutos dali.

– Bem que gostaria de ir, disse-lhe! Mas tenho um compromisso às quatro horas e já passa das três. Não posso. Contudo, combinamos o passeio para outro dia quando ele me desse outra aula. Aí eu diria à minha mãe que iria passear com umas colegas. Assim teríamos tempo para ir àquela cidade. Combinamos então o encontro para o próximo sábado. E assim aconteceu!

– Naquela pequena cidade, sem que eu desconfiasse, ele havia combinado com uma mulher que tinha um bordel camuflado para lá me levar. Todavia, antes fomos jantar num restaurante, o tal dos bons petiscos. Já à noitinha, fomos à casa de dona Zazá, a dona do bordel que ele chamou de tia. Ali numa sala ampla, ela nos recebeu, conversamos e rimos. Fiquei desconfiada aos ver um casal entrar para os quartos sem nenhum senão. Porém, nada disse porque até ali ele não havia feito nenhuma proposta desabonadora ou desonesta. Apenas tinha repetido aquelas promessas do outro dia e nada mais. Então, conversamos mais alguns minutos e depois viemos embora. Entretanto, o seu comportamento agora já era um pouco diferente, mais atrevido e audacioso do que antes de estarmos na casa daquela sua parenta. Na volta para a nossa cidade, quando ele ia trocar a marcha do carro, fazia o possível para tocar o seu cotovelo no meu seio.

Isto Rose me narrava com alguma ansiedade, tendo em vista a história ser comprida e enfunada de emoções para mim e tristezas para ela. Eu encaixava uma ou outra pergunta, sem contudo interferir no desfecho e no curso da narração. Neste aranzel do comportamento sórdido do turco, ela me disse que, nesse tempo, namorava um rapaz seu vizinho, inclusive com o consentimento dos pais.

– Bem – continuou ela –, depois marcamos outro encontro para uma nova lição ao volante, para o sábado seguinte, quando inventei outra desculpa para minha mãe e para o meu namorado. Nesta altura, conversávamos todos os dias pelo telefone e ele sempre me prometendo, além de me doar o carro, se eu quisesse, ele se divorciaria da mulher para casar comigo. Ora, eu já não pensava noutra coisa: primeiro era o carro, depois o casamento com um homem cheio de grana e, naturalmente, uma vida de muita fartura, conforto e luxos, diferente daquela que eu levava. No começo, estas ilusões toldaram por completo a minha cabeça, os meus sentidos. Não será preciso dizer que tudo isto me deixava confusa, zonza, cheia de sonhos e fantasias mirabolantes...

O sábado fatídico

– Veio então o sábado fatídico da minha vida – disse ela. – Não sei se ele me deu alguma droga ou não. Só sei dizer que ele me pediu para irmos novamente àquela cidadezinha chamada Colina. Segundo ele, lá era mais fácil de me ensinar a dirigir por causa do trânsito, visto o movimento ser menor e mais uma porção de lorotas inventadas na hora ou já pensadas. E que depois poderíamos jantar na casa da tia para ajudar um pouco a velhota etc. etc. Enfim, um lengalenga que nem me lembro mais.

– Ah, como fui burra! Caí que nem uma patinha. Logo depois da aula de direção, fomos à casa da tia. Porém, ele já havia combinado com a velha para nós ficarmos sozinhos ao jantar. A velha tinha feito uma galinha de cabidela, que aliás estava muito gostosa! Para beber ela colocou uma garrafa de vinho. Não sei como aconteceu! Só sei dizer que, durante o jantar, senti um enorme peso na cabeça e depois parece que dormi porque, quando acordei, estava deitada numa cama de casal e já passava das nove horas. O quarto estava meio escuro e o turco deitado ao meu lado, nu, fumando um cigarro, tranquilo e folgado.

Acordei zonza, sem saber o que tinha acontecido. Ele deitado ao meu lado sorria e me beijava muito levemente. A minha primeira reação foi indagar onde nós estávamos. Então, ele, cinicamente, disse:

– Estamos deitados!

– Estou percebendo que estamos deitados! Mas em que lugar?

– Na casa da minha tia! – respondeu com um sorriso descarado de sarcasmo nos lábios.

Foi nesta altura que me dei conta do que poderia ter acontecido. Instintivamente, levei a mão à xoxota e senti uma coisa molhada, trouxe a mão à luz e via algo parecido com sangue e esperma. Imediatamente, gritei indignada, chorando e xingando:

– Porra, Tufi! Você teve coragem de me deflorar enquanto eu dormia?

– E que importância tem isso?... – respondeu ele com a maior cara de pau, como se desonrar uma moça não trouxesse nenhuma consequência!

Em prantos, levantei-me, arrumei-me e dei o maior bafafá naquele quarto. De cabeça baixa, ele me pedia que me acalmasse porque todas as promessas feitas ele as cumpriria. Podia ficar despreocupada porque o nosso casamento seria uma realidade e tudo quanto me havia dito seria mantido, sem faltar uma vírgula.

Naturalmente, ao reafirmar e assumir a sua posição anterior, me deixou mais tranquila. Voltamos novamente para a nossa cidade, ficando ele de me telefonar para meu emprego na segunda-feira para que, dali em diante, mantivéssemos um relacionamento mais afetivo e perene. Tudo se passou tão repentinamente que não tive tempo de pensar como seria a minha vida a partir dali. Somente me dei conta do que havia acontecido quando cheguei a casa. – Continuando a sua narrativa, ela me disse:

– Já em casa, minha mãe me falou que meu namorado estivera ali para irmos ao cinema. Mas como me demorasse, ele tinha ido embora. Naquele momento, me lembrei daquele nefasto acontecimento na casa da tia do Tufi. Senti uma espécie de calafrio e um sentimento de culpa. De repente, o meu rosto ficou vermelho de vergonha com o que haviam aprontado para mim, mesmo não tendo culpa de cair na trama do turco em conluio com a megera daquela velha que ele dizia ser sua tia. Onde entrei virgem naquela casa e saí inconscientemente e deflorada, contra a minha vontade, sem ao menos ter forças para me defender, para reagir. A minha mãe, ao me ver assim tão corada, perguntou-me:

– Você não está aprontando, pois não ?

– Aprontando o quê, mãe? – Indaguei, mostrando-me indignada.

– Você sabe a que eu quero me referir. – Tartamudeou, ela.

– Pode ficar tranquila. – Disse eu, porém, com um sentimento de culpa e um aperto no coração de endoidecer. Como era tarde, tomei um banho e fui deitar-me.

Domingo de decisões

No outro dia era domingo. Como de costume, João, o meu namorado, veio me buscar para irmos ao cinema. Arrumei-me toda e fiquei esperando por ele. Esperei, esperei e ele não veio. Pensei logo no pior, que ele tivesse se aborrecido e não viesse mais. Todavia, por volta das oito horas, ele apareceu. Vinha bêbado e muito esquisito para o meu gosto.

Par início de conversa, veio logo com grosserias indiretas e perguntou-me por onde eu tinha andado na noite anterior. Depois de eu ter inventado uma grande mentira – disse-lhe que tinha ido à casa de uma amiga –, ele quis saber quem era essa amiga minha. Alterado pela desculpa esfarrapada, começou a me xingar. Aí eu lhe disse que não estava para aturar bêbados. Ele então me segurou pelo braço, machucando-me e com a voz alterada me chamou de vagabunda, sem-vergonha, puta etc., etc. Para encurtar a conversa, brigamos e acabamos o namoro. Sem o namorado para me atrapalhar, fiquei livre para sair com o Tufi, quando me desse na telha.

Na manhã da segunda-feira, o Tufi me telefonou. Confessou-me o seu contentamento porque eu tinha sido compreensiva e ele estava doidamente apaixonado por mim, motivo que o levava seriamente a pensar em casar-se comigo. De minha parte, também confessei meus problemas com o meu ex-namorado, a conversa com a minha mãe e todas as consequências destes fatos. Como não tínhamos mais o impedimento do meu namorado, ele quis logo encontrar-se comigo naquela noite.

Ora, eu nesta altura dos acontecimentos não tinha mais nada a perder. Diante disso, aceitei. Já nessa noite o Tufi me levou um lindo presente e, ao entregar-mo, dentro do carro, me disse:

– Olha, isto é uma pequena lembrança do nosso primeiro encontro porque, de agora em diante, você é minha mulher. Toda atrapalhada pela conversa dele, comecei a desembrulhar o pacote e, quando acabei, vi um lindo vestido. Um grande deslumbramento se apoderou de mim. Era um lindo vestido de seda pura, estampado com grandes ramos de flores. Naquele momento de empolgação e contentamento, atirei-me nos braços do turco, beijando-o com muito carinho e devoção e exclamei:

– Oh, seu Tufi, que bonito, que lindo! Mas eu não mereço tudo isto!

– Ora, vamos, Rose! Você merece muito mais, merece tudo o que existe de melhor neste mundo porque eu te amo loucamente. Estou deveras apaixonado por você. Entendeu? Você sabe o que é uma pessoa estar apaixonada? Se sabe o que é uma paixão, pode com certeza avaliar como estou! " finalizou o turco.

– É verdade o que me está dizendo, senhor Tufi? – indaguei com certa desconfiança, ao mesmo tempo comovida pela declaração de amor que ele me fazia. – Jura que é verdade?

– Claro que é verdade! Juro que por você eu faria qualquer coisa deste mundo. Juro por Alá...

– Olha, seu Tufi! Tem muita coisa que o senhor poderia fazer por mim e não faz.

– O quê, por exemplo?

– Este carro, por exemplo! O senhor já mo prometeu e até agora eu só estou esperando!...

– Oh, minha filha, é seu. É só você querer. Você pede e eu venho trazê-lo na mesma hora para você!

– Assim eu não quero. Queria que fosse só meu. Meu mesmo, sem ter de pedir a ninguém. Só meu, entendeu?

– Está bem. Eu vou lhe dar o carro e você, em troca, vai dar-me todo o seu amor. Ok. – concluiu o turco com o rosto vermelho.

– Lógico, que posso eu dar-lhe mais a não ser o meu amor e o meu carinho? " Disse um pouco envergonhada.

– Tudo bem, vou dar-lhe o carro, mas você precisa aprender a dirigir primeiro. A propósito, como vai você dizer lá na sua casa, à sua família que ganhou um carro? Como explicar isso ao seu pai, à sua mãe que ganhou este carro do Tufi? Como vai fazer isso?...

– Mas o senhor não disse que iria se casar comigo?

– Ah, sim, você quer o carro, mas só depois de nos casarmos, não é isso?

– Claro que quero o carro, mas também quero casar consigo! – declarei, levada na boa fé do que ele me havia prometido.

– Ah, então vamos pensar primeiro no casamento, depois pensamos no carro. Porém, fica desde já combinado que o carro será o seu presente de casamento. Certo!

Pelas declarações dela, naquela altura, o turco ficara convicto de haver conquistado a bela Rosanete com as promessas de um futuro bonito, cheio de riquezas e muita felicidade.

Encontros recônditos

Sempre às escondidas de nossas famílias, tanto eu quanto ele, nos encontrávamos quase que diariamente, já como amantes. Tufi sempre tinha um presentinho para me agradar e eu guardava tudo aquilo com gratas recordações de idílios, de uma atenção especial dele para comigo. Guardava também das vistas da minha mãe para que ela não descobrisse de onde vinham tantos presentes porque o meu salário não dava para comprar tantas coisas. Mesmo assim, minha mãe começou a desconfiar de onde vinham os vestidos, roupas que eu usava, algumas joias que ele me dava, os gastos com cabeleireira, com manicure, enfim, um ror de coisas de uso pessoal que ele fazia questão que eu usasse para parecer mais bonita.

O nosso relacionamento passou a ser quase que diário. Umas vezes íamos jantar, outras para o motel, quase sempre tínhamos um programa para fazer. E eu sempre lhe cobrando o casamento, o carro, as coisas que ele me havia prometido. E ele se esquivando com desculpa sobre a papelada do divórcio que demorava muito, me enrolando! Essa era a verdade, me enrolando!

Desconfiada pra burro quando eu chegava tarde a casa, minha mãe me perguntava onde eu tinha estado. Já com a desculpa, a mentira estudada, eu dizia que tinha ido à casa de uma colega ou que tinha ido ao cinema com essa mesma colega. Tudo pura invenção minha porque eu não tinha colega nenhuma. Mas não podia dizer em casa que tinha um amante e que era justamente o turco do meu antigo emprego.

Quando íamos ao motel, eu sempre pedia para ele usar a camisinha. Geralmente ele me atendia, mas às vezes esquecia de comprar (e no motel não havia). Assim mesmo transávamos,

muito embora eu evitasse ele gozar dentro. Mas tantas vezes a cantarinha vai à fonte, até que um dia quebra. Foi o que aconteceu. Depois de quase um ano de belas e celebérrimas orgias, um dia fiquei grávida. Nesta altura, ele já não falava em casamento, tinha esquecido a promessa de me ofertar o carro, e quase não falava num romance maior. Pensava somente em sexo comigo.

Cobrava-lhe o que ele me havia prometido. Ele dizia que estava tratando dos papéis do desquite com mulher (naquele tempo não havia o divórcio). E repetia que era demorado, que havia muitas dificuldades até conseguir aqueles malditos papéis. Enfim, uma embromação dos diabos. Eu desconfiava desta enrolação, mas também não podia saber ser era verdade ou mentira. Aí começaram as brigas.

Os segredos de Rose

Agora eu sabia de grande parte da história de Rose. Contudo sabia só aquilo que lhe interessava, dos seus infortúnios, ansiedades e tristezas. Enfim, de tudo quanto fora de mau que lhe acontecera ainda praticamente na sua adolescência. Não sabia, contudo, o que ela havia aprontado e sagazmente tramado. Não sabia das suas maquiavelices e das sacanagens nos ergástulos por onde passara.

Como ser humano, fiquei entristecido, aborrecido com a sua condição tanto de mulher como de um ser que busca a felicidade. Diante dessa situação, e também porque a desejava ardentemente, mormente condoído por essa história, de imediato me prontifiquei, com a minha generosidade costumeira, a ajudá-la naquilo que eu pudesse a partir daquela data. Doei-me então de corpo e alma a minha musa. Abismei-me com minhas práticas piedosas. E continuamos saindo.

O meu companheiro de quarto ficava de olho cavo, com um ciúme enorme, e ávido de saber como eu tinha conseguido aquela mulheraça. Volta e meia me perguntava como era ela na cama. Por conveniência, respondia-lhe que ainda não havia experimentado e que quando o fizesse dir-lhe-ia com toda a franqueza como era ela. Na verdade, ele não acreditava e eu também não falava a verdade.

Tínhamos saído umas cinco ou seis vezes. Por respeito à sua condição, nunca lhe havia tocado em conversas de sexo. Tínhamos trocado muitos beijos, alguns abraços, mas quanto a sexo, nada. Entretanto, uma noite convidei-a para irmos a um lugar romântico e acolhedor, onde pudéssemos estar juntos sem que ninguém nos atrapalhasse. Vivida e esperta, mais do que depressa ela indagou:

– É algum motel, é?

– Como adivinhou?

– Ora, meu bem, pela descrição desse lugar que você quer me levar, só pode ser motel!

– E o que você acha? Vamos ou não?

– Você quer? Se você quer, tudo bem. Vamos!

Calado, rumei para o motel. Pensamentos múltiplos me assaltaram, fantasias opíparas faziam de mim um ser apaixonado e feliz. Enfim, eu ia ter a minha musa nuazinha como Vênus para matar meus desejos, a minha sofreguidão sexual. Aí ela cortou as minhas reflexões, perguntando:

– Por que está tão silencioso? Você não é assim. Por que está tão pensativo? Pensando na morte da bezerra?

– Nada! Não é nada! Só estava pensando quanto tempo perdido sem ter você em meus braços. Só isso!

– Ah, pensei que era outra coisa!

A entrada no motel cortou o nosso papo ainda cheio de dúvidas. Dúvidas mais para mim do que para ela que iria, com mais um, fazer sexo sem sentido e desejo, sem que lhe despertasse qualquer sentimento amoroso.

Na realidade, Rose era aquela mesma que descrevi: sensacional, linda, muito boa de sexo, uma beleza de mulher. Fogosa, carinhosa, sabia tudo quanto era sacanagem, era quase completa neste sentido e, além do mais, gostava e sabia fazer sexo. Fiquei estonteado, deslumbrado, sonhando com aquele momento em que passamos no motel.

Moviam-me então puros e belos sentimentos em relação àquela mulher. Acreditava piamente no que ela dizia e, conhecendo-a melhor até nas fantasias sexuais, entendia haver encontrado, além dessas qualidades citadas, ótima companheira. Havia feito juízos de valor de que uma convivência mais íntima e cândida com certeza se traduziria numa grande felicidade, tanto para mim quanto para ela, mormente porque ambos vivíamos longe de nossas famílias e em circunstâncias não muito invejáveis. Estes alvoroçados pensamentos prelibares davam-me a sensação de que, se juntássemos os trapos, quiçá nossas vidas tomariam rumos bem diferentes, isto é, quiçá encontraríamos a almejada felicidade tão difícil de encontrar. Era o que eu pensava. Quanto a ela, não sabia de seus pensamentos nem de seu interesse em ter um lar, em constituir uma família, ser gente como toda a gente. Ter filhos como sempre fora o meu desejo...

Até aí, eu também havia lhe contado toda a minha história. O porquê de eu ter imigrado, como era a minha família, onde morava, a minha passagem pelo Rio, a minha formatura, enfim tudo o que eu já tinha feito e sofrido e o que desejava fazer com ela. Entretanto, ela só me havia falado dos seus infortúnios e desgostos e jamais me falou depois do episódio de sua gravidez.

No motel, jantamos e, para comemorar, pedi uma garrafa de vinho Casal Garcia. Sabia que ela gostava muito de vinho. Sabendo que as pessoas quando bebem demonstram aquilo que são, usei da tática e deixei-a beber quase a garrafa inteira. Já um pouco tonta, ela começou novamente a contar-me a história de sua vida:

– Você lembra aonde eu parei quando o Tufi me engravidou, não se lembra?

– Claro que me lembro!

– Pois bem! Aí eu fiquei apavorada. Como era meu dever, telefonei-lhe a informá-lo do meu estado. Ele, mesmo ao telefone, emitiu um sinal de desaprovação, como se eu fosse culpada, dizendo:

– Por que diabo você não tomou os cuidados necessários? E agora, o que vamos fazer?

– O que vamos fazer? – respondi, revoltada por ele jogar todas as culpas em mim. – O que vamos fazer? Vamos casar. Não foi isso que você me prometeu?

– Como é que vou casar com você, se já sou casado? – respondeu, aos berros.

– Isso não é assunto meu, é teu! – gritei com raiva e acrescentei: – Você me prometeu, tem de cumprir porque, se você não cumprir, vou agora mesmo dizer tudo ao meu pai e, não sei se você sabe, ele não é fruto que se cheire!

– Faça o que você achar melhor. Fale com seu pai, sua mãe, seus irmãos, fale com quem você quiser e entender. Tá bom! – gritou ele do outro lado ao telefone.

– Ah, é? É assim que você quer? Se for assim, você vai ver o que é bom para tosse! – retruquei eu, com lágrimas nos olhos de tanta raiva por me sentir lograda. Desliguei o telefone.

Naquele dia, já não fui trabalhar porque senti uma infinita tristeza pela traição, pela mentira, pelo embuste de que fui vítima. Só tinha vontade de morrer, de desaparecer de minha família, de sumir mundo afora. Parecia que o mundo tinha acabado para mim. Perambulei o dia todo pela cidade sem saber ao certo o que fazer. Cheguei a casa mais ou menos a mesma hora de sempre. Fui direto para o meu quarto, tranquei-me lá e fiquei chorando sem saber o que fazer. Minha mãe achou esquisito o meu comportamento, mas pensou que fosse algum aborrecimento com o serviço. Por isso, nem se tocou, não fez caso.

Veio então a hora do jantar. Aí ela bateu à porta do meu quarto, chamando-me para jantar. Entretanto, como estava com os olhos vermelhos e inchados de tanto chorar, não me atrevi a comparecer à mesa perante meu pai e irmãos. Esperei mais um pouco até que eles jantassem. Acalmei-me mais um pouco para ver se os olhos voltavam ao normal para eu ir poder jantar. Contudo, a minha mãe ficou preocupada e veio novamente bater à porta. Não tive alternativa senão encarar a minha família com os olhos vermelhos e inchados. Quando minha mãe me viu assim, perguntou:

– O que aconteceu? Mandaram você embora do emprego? – Até ali não me ocorrera a desculpa do emprego, mas quando ela falou, com a cabeça fiz um leve sinal de que tinha sido isso.

– E vale a pena tanto choro por causa de um emprego reles igual àquele? – disse minha mãe com azedume. – Ainda se fosse um emprego onde você ganhasse milhões... tudo bem! Mas aquilo? Pois sim!

O meu pai também deu a sua opinião, consolando-me, não me faltando com seu apoio moral, prontificando-se a arrumar-me outro emprego. Todavia, eu continuava triste e chorando e, novamente, minha mãe chegou-se a mim:

– Oh, filha, o que é que você tem? Não é apenas pelo emprego que você está assim pelos cantos da casa, chorando, não é verdade?

Num impulso misturado de nervoso e de dor, corri para os braços de minha mãe, chorando copiosamente. Aí ela compreendeu que algo mais tinha acontecido comigo. Abraçando-me, levou-me para o meu quarto. Trancadas as duas, sem que ninguém pudesse nos escutar, marrei-lhe todos os meus pecados e sofrimentos e a enganação do Tufi. Como não poderia deixar de ser, ela também ficou revoltada com a minha situação, ainda mais com a maneira como tinha acontecido. Porém, chamou-me a atenção porque eu tinha mentido e, além disso, guardado segredo dela. Agora nós não sabíamos como chegar ao meu pai para dizer-lhe como tinha tudo ocorrido. Foram dias de meditação, rezas, expectativas, angústias e sofrimentos. Porém, certo dia, ela não aguentou e resolveu contar-lhe toda a história, tal qual eu tinha narrado.

Meu pai era um homem pacato, não se metia com ninguém. Mas se alguém bulisse com a sua família, era capaz de matar se fosse preciso. Ao ficar sabendo deste episódio e da maneira como ocorreram os fatos, primeiro ele conversou comigo para saber se era verdade o que a minha mãe lhe havia contado. Depois, passou-me um corretivo daqueles que não tem tamanho. É verdade que não me bateu, mas disse-me tanta coisa, tantas belas e boas, que eu fiquei menor do que um grão de arroz. Bem depois, foi à loja do turco tirar satisfações...

De certa maneira, eu havia alertado o turco sobre como era o meu pai. Eu o avisara, por isso ele andava armado. Quando o meu pai entrou na loja e disse quem era e que queria falar com o senhor Tufi, os empregados, instruídos, disseram que ele não estava. Mas o meu pai plantou-se à porta da loja à espera de que ele aparecesse. Às tantas, o turco foi obrigado a sair do esconderijo porque uma porção de pessoas queriam falar com ele. Naturalmente, ele não teve outro remédio senão aparecer. Nesse momento, o meu pai se apresentou para também conversar com o safado do turco.

Disseram-me que o meu pai não discutiu com ele, apenas pretendeu saber dele o que ele iria fazer comigo, pois como o meu pai entendia e eu também, se o turco me havia prometido casamento, era dever dele cumprir a sua promessa. Debalde, o turco começou a enrolar e a dizer de não me ter prometido nada de casamento, que aquilo tudo era histórias minhas e que como é que ele iria casar comigo se era casado! Ainda disse que se meu pai quisesse poderia procurar a justiça para resolver o caso etc. etc.

O meu pai ficou desolado com os argumentos do turco, pensando que eu lhe havia mentido. Parece que andou tomando umas pingas nalguns botecos pelo desgosto daqueles acontecimentos. Quando chegou a casa com as pingas na cabeça, tirou a cinta e, sem me dizer uma palavra, sem explicação e chorando, deu-me tanta pancada de cinta que eu fiquei dois dias deitada sem me poder mexer. Foi horrível, nunca pensei de apanhar assim do meu pai depois de crescida e já mulher.

– Mas o seu pai lhe bateu dessa maneira, sem uma explicação, uma conversa? – perguntei. – E como ficou o caso?

– Bem, depois eu lhe conto o resto. Estou muito cansada e nem quero pensar no que aconteceu! Você quer saber de uma coisa, gostaria de esquecer tudo...

Mais uma vez fiquei sem saber o final da história da Rosanete. Pelo que deduzi, todavia, fiquei com a pulga atrás da orelha porque houve indícios na conversa de Rose de ter havido homicídio. De quem, não tinha a certeza. Pela conversa não me foi possível discernir quem matou e quem morreu! Contudo, pela maneira brusca como ela terminou a sua narração, pelo turco andar armado, tudo leva a crer que houve violência. Como ela se queixou de cansaço e estava sem disposição para prosseguir, também não insisti porque também fiquei abalado, chocado com o seu sofrimento, levando-me a intuir que forçar seria desumano...

Capítulo V

A perseguição dos Castros

As minhas saídas noturnas eram observadas de perto por Adélia e sua família. Embora eu saísse à socapa, era visível a ausência do carro no estacionamento e se presumia que eu não estava no quarto. Desta evidência, e com razão, os Castros começaram a desconfiar de eu ter arrumado alguma nova namorada. As conclusões deles eram uma realidade. Diante disso, iniciaram uma perseguição aos meus passos para se certificarem da veracidade dos fatos e por onde eu andava. Não foi necessário muito tempo e logo eles descobriram com quem eu saía.

Certa noite, quando voltava do serviço, dona Ana, sentada no sofá da sala comunitária, me chamou às falas:

– Senhor Ferro, o senhor parece ter esquecido aquela conversa que tivemos! Já passaram mais de quinze dias e o senhor não disse nada mais. O que é que está acontecendo? Precisamos conversar, não é?

– Dona Ana, a senhora me desculpe, mas tenho andado muito atarefado com o meu serviço, não tenho tido tempo para nada! – respondi, meio desconcertado.

– Ah, muito serviço! De noite? Não sabia que os seus fregueses faziam compras à noite!

– Não, não é isso! À noite tenho de fazer os relatórios, aprontar a papelada para entregar de manhã logo cedo no escritório. É isso!

– Aprontar a papelada, fazer relatórios nos motéis e restaurantes, senhor Ferro? Ora, deixe-se de mentiras, senhor Ferro! Sabemos muito bem aonde o senhor vai fazer os seus relatórios! Venha conversar conosco conforme combinou, é mais bonito e honesto!

Diante destas afirmações, do desmascaramento das minhas desculpas pouco convincentes, e da minha vileza, fiquei sem saber o que dizer. Não disse mais uma palavra, fui direto para o meu quarto muito aborrecido. É lógico que eu não estava sabendo que eles me estavam espiando e que me viram sair com minha musa. Ora, esta situação levou-me a pensar que não havia mais ambiente para morar no Palacete Ocre, juntamente com os Castros, com Rose e todo aquele pessoal.

Daquela família, pelo seu comportamento, o único que me merecia consideração era o senhor José. Sempre o achei uma figura exemplar, extraordinária. Bom pai, bom marido e bom amigo e, com certeza, viria a ser bom avô. Foi esta figura cativante que me levou a ir dar satisfação aos Castros. Se não fosse por ele, jamais perderia o meu tempo em conversas estéreis. Movido pela ideia de preservar o meu agradecimento e respeito ao senhor José, resolvi marcar uma reunião com a família.

Tinham acabado de jantar quando apareci para conversar. Dona Ana, com aquela cara fingida e abstêmica, disse logo:

– O senhor Ferro poderia ter chegado um pouquinho mais cedo para jantar conosco!

– Muito obrigado, dona Ana. Já jantei (mentira). – Mas o senhor José, que estava sentado vendo televisão, rosnou alguma coisa. Só entendi o convite para me sentar.

– Então, resolveu vir conversar? – indagou dona Ana, com afanoso sarcasmo na voz, como se tivesse alcançado retumbante vitória.

– Sim, resolvi.

– E que novidades nos traz?

– Novidades? Nenhumas.

– Nenhumas? Então ainda não mudou de ideia?

– Por enquanto, não.

– Então vai ficar assim eternamente? – tartamudeou Adélia.

– Vim aqui para conversar. Mas a única pessoa com quem realmente quero falar é com o senhor José. Não me interessa conversar com mais ninguém. – respondi secamente.

Aí o pai de Adélia olhou para mim com espanto:

– E o que o senhor quer conversar comigo?

– Quero, em primeiro lugar, dizer-lhe sobre o meu namoro com a sua filha porque há certos assuntos talvez do desconhecimento do senhor. Como tenho por si grande consideração e não quero de forma nenhuma perder esta amizade por questiúnculas familiares, entendo que lhe devo dar algumas explicações sobre o assunto.

– Oh, homem, por mim nada tenho a dizer! Se vocês não se dão bem e querem acabar o namoro, não tenho nada a ver com isso. Entendeu bem?

– Pois é! A sua filha e a dona Ana acham que tenho a obrigação de namorar e casar. Entendo que não é bem assim. Casamento é uma coisa muito séria e sagrada para mim. Não quero casar hoje e descasar amanhã. Por isso, acho melhor para todos nós não levarmos esse namoro adiante – concluí secamente.

– Bem, se o senhor quer assim, ninguém o pode obrigar a casar, homem!

– Não é bem assim – rosnou dona Ana. – Não é bem como ele está falando. Nós não queremos obrigá-lo a casar! Queremos saber é se ele quer continuar o namoro com Adélia ou não! Porque ele ficou de dar uma resposta e até agora não disse nada. Queremos saber qual é a dele!...

– Não dei resposta porque vocês foram tão grosseiras comigo que achei melhor ficar calado para não baixar o nível – exclamei, esnobando a minha cultura que, convenhamos, era muitos pontos acima da delas. Foi aí que dona Ana soltou os cachorros para cima de mim:

– A conversa é outra! Sabemos muito bem porque o senhor não quer mais o namoro com Adélia! O senhor não quer mais por causa daquela sirigaita que mora lá em frente ao senhor! Essa é a grande verdade, nua e crua...

– É isso aí! – respondeu Adélia com raiva.

Aí as duas começaram a me xingar com uma porção de nomes de baixo calão, ofensas e aos berros puseram-me fora de casa, sob o olhar complacente do senhor José. Enrolei a língua, pus a viola no saco e dei o fora sem dizer mais uma palavra. Era praticamente o fim do meu viver no Palacete Ocre.

A busca de moradia

Naquela época, arrumar casa em São Paulo era difícil. Eu precisava mudar do palacete porque, depois do escorraço de dona Ana e da filha, começou uma perseguição tenaz sobre mim e também sobre Rose. Além disso, eu tinha uma mulher a quem verdadeiramente amava. Já estava em nossos planos alugar uma casinha, um apartamento, para morarmos juntos. Fui à luta mais depressa do que pensava. Andei mais de um mês e não consegui nada.

Certo dia, passando por perto da casa assombrada, fui lá ver como se encontrava aquele palacete abandonado. Lá estava ele todo arruinado, abandonado, sujo, com algumas portas e janelas quebradas. Uma tristeza. Nem placa de aluga-se estava exposta.

Perguntei ao dono do bar em frente se sabia quem alugava aquilo. O dono do bar já não era o mesmo de quando eu ali estivera da última vez. Gentilmente, me disse não saber nada sobre a casa, mas falou que havia ali um pernambucano que sabia mais ou menos onde morava o dono da casa. Contudo, o pernambucano não estava ali no momento, mas a qualquer hora ele poderia chegar. Aconselhou-me a esperar um pouco.

Realmente, passados poucos minutos, ali estava o pernambucano, o mesmo que já havia falado comigo. Não se lembrava mais de mim. Então a vivei-lhe a memória e ele se recordou da nossa conversa:

– Mas o senhor está interessado na casa para morar?

– É claro! É claro!

– E sua família sabe das assombrações da casa?

– Não, não falei com eles sobre essa questão. Mas acho que não teremos problemas!

– Não sei, não! Não sei se, quando eles souberem, vão querer morar aí porque até agora ninguém conseguiu.

– Vamos ver! – disse eu – Vamos ver... – Agradeci-lhe por me ter fornecido o nome dos donos do imóvel e o endereço onde moravam e me despedi.

Era quase de noite quando cheguei ao quarto que ainda dividia com o italiano Francesco. Rose ainda não havia chegado. Tomei um banho rápido e recostei-me na cama lendo jornal. Quando escutei o rumor da chegada de Rose, levantei-me e fui até o quarto dela para lhe falar sobre o imóvel. Em poucas palavras, disse como era o imóvel, além de seus defeitos. Contudo, não falei nada sobre o preço nem sobre as assombrações, mesmo porque eu também não acreditava nessas histórias.

Na mesma hora ela quis ir ver o imóvel. Ponderei que talvez fosse melhor ir de dia porque, de noite, além da aparência ruim, talvez parecesse mais lúgubre e soturna a casa. Ela concordou comigo e, no outro dia, antes de irmos para o trabalho, passamos em frente ao casarão. Para finalizar, acabamos alugando a casa mal-assombrada.

Idílio e martírio

Eu estava sob forte emoção de um grande idílio. Aquele amor que sempre sonhara, uma mulher perfeita, bonita, não muito culta, mas inteligente, estava agora sempre a minha disposição para quando eu quisesse satisfazer as minhas requestas sexuais.

Rose parecia ser uma mulher compreensiva. Dividia comigo os meus problemas e angústias e o meu sestro. Tanto isso era verdade que, na altura da minha ruptura com Adélia, ela enfrentou juntamente toda aquela confusão e os receios de alguma vingança dos Castros. No emprego, eu também melhorara muito, tanto no concernente ao salário quanto à minha cultura farmacológica. Tinha sido guindado ao cargo de supervisor de área, com direito a um automóvel.

Assim, mudamos para a mansão assombrada, com o pensamento voltado para os nossos propósitos de constituir um lar. Pelo menos essa era a minha ambição. Para se puder habitar o casarão, algumas reformas deveriam ser feitas porque, como estava, não dava para morar. Dei os primeiros passos nesse sentido, contratei pessoal, comprei material, enfim, providenciei para que pudéssemos ocupar a casa com algum conforto. Passadas umas três semanas, mais ou menos, estávamos de mala e cuia naquele sobradão imponente e refinado, todo à nossa disposição.

Rose parecia satisfeita. Andava muito contente comigo, afanosa e servil. Era um amor de mulher. Sentia-me feliz e realizado. O nosso amor medrava mais e mais a cada dia. Não era rico como sonhara um dia, mas tinha um bom emprego, ganhava razoavelmente bem, tinha uma linda mulher para saciar meus desejos, carro à porta e um futuro promissor pela frente para realizar os ambiciosos sonhos na perenidade da minha existência. Que mais poderia querer? Absolutamente nada! Queria somente paz.

Mas, como se diz, felicidade de pobre dura pouco! De fato, a minha durou pouco. Durou enquanto Rose não ficou sabendo dos boatos da casa mal-assombrada. Sim, porque depois que ela ficou sabendo, a nossa felicidade começou a ruir. Segundo ela, aparecia-lhe em sonhos a alma do turco. Depois que acordava, escutava gente andando de noite pela casa, abrindo e fechando as portas, dando descargas nos banheiros, sons de marteladas no assoalho como se estivessem pregando as tábuas. Assustada, ela acordava e ficava agarrada em mim, com medo, e pedia para eu escutar os ruídos que ela dizia ouvir. Mas eu nada escutava. Aí ela ficava nervosa comigo, chamando-me de surdo, caduco e nem seu que mais!

Foi nesta altura que eu, ligando uma coisa a outra, sobre as narrações de sua vida, fiquei sabendo da morte do turco. Até então, ela não tinha me dito nada sobre o assunto e eu também, ocupado com meus problemas com os Castros, não lhe havia perguntado sobre como ficara a evolução da gravidez, da criança e do turco. Porém, numa noite, ela acordara sob forte emoção de um sonho com a alma do turco. Então comecei a indagar-lhe sobre qual o fim do gajo! Que fim tinha levado o turco e como ela tinha resolvido o caso. Primeiro, ela me disse que não ficou sabendo mais nada da vida dele e nem queria mais tocar nesse

assunto porque o ódio era tanto que nem queria mais falar do tal fulano. Quando assim estava falando, uma crise de nervos se apoderou dela de tal maneira que não havia quem a controlasse. Levantei-me e fui fazer um chá para acalmá-la. Todavia, não consegui. Sempre em soluços, ela argumentava sobre os barulhos e as visões dos fantasmas. Não dormia e nem me deixava dormir. Será escusado falar que a minha vida virou um inferno. Não havia nada que pudesse fazer para dissuadi-la da ideia dos fantasmas da casa. Com toda a franqueza, eu não escutava nem ouvia nada, a não ser ela com aqueles inefáveis frenesis enchendo o meu saco.

Assim, iniciamos os dois uma vida de penar. Eu porque dormia mal e tinha de ir trabalhar no outro dia e não aguentava mais esta situação; ela, com todos aqueles problemas de mau humor, tinha até tirado férias para se tratar, mas cada vez mais estava pior. Eram tratamentos com psiquiatras, psicólogos, até na macumba nós fomos parar. Até que um dia a loucura foi tanta que a situação se tornou babélica: ela começou a quebrar tudo quanto estava na sua frente, tudo o que tínhamos em casa. Não houve remédio que domasse a doença. Os médicos aconselharam-me a interná-la. Foi o que fiz. Contudo, ela não quis mais morar na casa assombrada. Nesta altura, o emprego dela já tinha ido para o espaço e, um dia, recebi uma carta endereçada a ela dizendo para que passasse no escritório a fim de receber os seus direitos porque, segundo os empregadores, já se haviam esgotados todos os prazos para ela se apresentar. Como ela não o havia feito, estava demitida.

Ora, sem a perspectiva do emprego, o meu pensamento foi levá-la para a casa da mãe para ela se tratar. Muito naturalmente, fiz-lhe a proposta para saber qual era a sua opinião. Quando falei sobre a casa da mãe, ela virou um bicho. Começou por dizer que eu estava querendo me ver livre dela, que era um ingrato e que, quando ela estava com saúde, eu só a queria para trepar, e mais uma série de inverdades que nem sei onde ela foi buscar tais pensamentos.

Fiz-lhe ver, então, quais eram as minhas intenções. Que não era como ela estava pensando porque tinha o meu emprego e precisava trabalhar, não podia ficar o dia inteiro perto dela, como ela precisava. Fiz-lhe enfim uma porção de ponderações que ela começou a compreender. Foi aí que ela se abriu, dizendo não poder ir à casa da mãe porque estava foragida da polícia por ter matado o turco e fugido para São Paulo.

O desfecho de Rose com o turco

Copiosamente chorando e muito nervosa, ela me confessou o resto da história dos seus amores com o turco:

– Lembra-se onde terminei esse pedaço triste do meu passado, não se lembra?

– Mais ou menos – respondi.

– Então você se lembra de eu dizer que o turco andava armado naquele dia em que meu pai fora à casa dele tirar satisfações, não se lembra?

– É isso mesmo – confirmei.

– Sabe, eu não quis falar mais nada sobre isso porque gostei muito, mas muito mesmo, de você. Pensei que se você soubesse o resto da história não quereria mais ficar comigo – disse soluçando.

– E qual é o resto da história – perguntei, horrorizado.

– Bem, como eu sabia que o turco andava armado, tratei de comprar uma pistola velha para dar ao meu pai para ele se defender. Porém, ele não aceitou a arma porque não era intenção dele matar ninguém. Pois bem, continuou ela.

– Depois de irmos três ou quatro vezes à loja do turco para saber qual a resolução dele sobre minha situação, ele veio com brutalidades e injúrias contra mim,contra meu pai e contra minha família. Aí o Tufi xingou o meu pai, me xingou de puta, de safada, sem-vergonha e mais uma quantidade de nomes feios. Foi um horror! Não bastasse isso, sacou a arma e atirou em meu pai. Ora, ao ver o meu pai ser atingido pelo turco, subiu-me o sangue à cabeça e descarreguei todas as balas da pistola velha, à queima-roupa, no peito do turco. Eu havia levado a arma por precaução. Varado de balas, o turco morreu instantaneamente.

Os tiros chamaram a atenção da polícia. Muito boba, ao invés de fugir, fiquei ali junto com o meu pai, pasmada, sem saber o que fazer. A polícia chegou e fui detida. Felizmente, o tiro só pegou de raspão no meu pai, no seu braço, sem perigo nenhum.

Como eu era menor de idade naquela época, as autoridades me mandaram para uma casa de menores infratores. Ali, passei os primeiros dias da minha gravidez. A princípio não era assim tão custoso, mas conforme o tempo ia passando, me era cada vez mais difícil.

À parte as minhas dificuldades da gravidez, foi instaurado um processo pelo assassinato do turco. Entretanto, eu era menor e como tal não poderia ser processada. Mas a família do turco, poderosa, com bons advogados, encontrou um meio de me processar, alegando que eu, em estando grávida, era como se fosse adulta. Convenhamos que sob esta tensão e às vezes sob efeito de sedativos para aliviar o meu nervosismo, acabei abortando.

Dos males o menor. Apesar de não ser aquela a minha intenção, hoje considero que foi a mão de Deus que pousou sobre mim. Por que, se eu tivesse gerado aquela criança, o que seria dela com a vida errante que tenho levado até aqui?

Confesso que me tornei uma pessoa revoltada. Passei a não acreditar em mais ninguém, nem nas autoridades nem em quem de mim se aproximasse com intenções de ter alguma espécie de relacionamento. Todas as pessoas, homens e até mulheres, que tentaram, eu sempre as repudiei.

Enquanto estive naquela casa de menores, encarcerada, por três vezes consegui fugir. Contudo me saí mal em todas. Da última vez, peguei uma carona com um caminhoneiro para ir com destino a Goiás. Em certa altura da viagem, ele quis mexer comigo e eu disse que não estava a fim. Ele insistiu e quis violentar-me. Como é sabido, no presídio só aprendemos coisas ruins, mormente para nos defendermos. Quando o motorista se atracou a mim para me possuir à força, eu trazia um estilete na cintura. Saquei a arma e desferi-lhe vários golpes, deixando-o quase morto dentro do caminhão. E dei no pé estrada afora. Depois de andar um bom pedaço a pé, peguei carona até Uberaba. Nesta cidade, tentei arrumar um emprego, mas, sem ninguém conhecido e sem documentos, nada consegui.

Entretanto, a notícia do esfaqueamento do motorista do caminhão saiu em todos os jornais daquelas cidadezinhas daquelas redondezas. Logicamente também saiu na imprensa de Uberaba, onde me fixara temporariamente. Não sei quem me identificou por alguma fotografia ou por um retrato falado. Em menos de quinze dias, eu estava de volta àquela casa de menores infratores. Lá dentro passei a ser muito vigiada, mas também muito cobiçada por um dos diretores do centro de recuperação de menores. Várias vezes ele me mandou chamar na sala dele para me perguntar certas coisas da minha vida. Quase sempre terminava dizendo que pretendia me ajudar, da mesma forma que o turco me prometia tudo, quando caí na conversa deste. Contudo, os tempos foram passando e me tornei maior de idade.

Ao me tornar maior, tive de ser transferida para um presídio de mulheres. As coisas ficaram, então, piores para mim. Tive de brigar muito para não ter de me submeter às sevícias delas. Por causa disso, volta e meia eu ia parar na solitária. Era um inferno! Alguns guardas também davam em cima de mim. Certa noite, algumas mulheres tentaram e conseguiram uma fuga. Eu estava no meio. Chegamos a sair, mas a polícia cercou os arredores do presídio e tivemos de voltar todas às solitárias, debaixo de porrada, cacetada, socos etc.etc...

Sedução para a liberdade

Passaram-se os dias, os meses, os anos, e eu mofando naquele presídio, sem esperança de sair daquele inferno. Tinha sido condenada a treze anos de prisão. Com os agravantes de ter participado de várias tentativas de fuga, e de crimes menores – mesmo dentro da prisão –, era difícil a minha libertação.

Mas eis que, em certo dia, uma condenada arquitetou um plano de fuga e me chamou para fugir com ela. Talvez a mais bem planejada tentativa entre todas das quais já havia participado.

A condenada era uma mulher bonita e havia um chefe dos policiais do presídio que sempre lhe fazia propostas sexuais, assim como também a mim. Pensamos, então, em promover uma orgia com dois caras importantes da cadeia. Todavia, isto teria de se passar fora do presídio ou então algures fora do conhecimento das demais presidiárias. Finalizando, deveríamos nos encontrar fora da cela. Começamos a urdir o plano. De minha parte, joguei uns olhares insinuantes para um dos chefes da carceragem, um senhor já de certa idade, aparentando certa respeitabilidade. Ela, por sua vez, se insinuou para o tal chefe de policiamento.

Fizemos o assunto avançar de tal forma que um se tornasse confidente do outro. Fomos amadurecendo a história, deixando-os se entusiasmarem com a ideia da orgia. Isso até eles admitirem a possibilidade da realização da bacanal fora do presídio e, depois, combinarem a data da saída. Parece que era noite de São João quando saímos, todos no mesmo carro, para um motel um pouco distante da cidade. Minha colega já havia preparado um sonífero, o mesmo que ela tomava para dormir por causa do nervosismo.

No motel, ficamos em quartos separados, por decisão deles. Nesse caso, uma possibilidade já prevista por nós, havíamos combinado de dar o sonífero aos nossos amantes à mesma hora, para os dois dormirem mais ou menos ao mesmo tempo. O plano deu certo. Enquanto eles dormiam, pegamos o carro, inventamos uma desculpa na portaria e saímos do carro, abandonando-o logo depois. Viemos para São Paulo.

Os primeiros meses nessa grande cidade foram muito difíceis. Consegui finalmente arrumar um emprego num café como garçonete. Minha colega foi logo recapturada. Eu, para conseguir escapar, tenho mudado de emprego constantemente. Ando sempre com o coração em sobressaltos só de pensar em voltar para aquele maldito inferno. Agora, quando pensava ter um pouquinho de tranquilidade, vem você me fazer essa proposta para eu voltar para a casa de minha mãe? De jeito nenhum! Não quero sofrer mais do que já sofri com esta minha pouca idade!...

Fumando um cigarro, escutei boquiaberto este relato de Rose. As coisas que ela me contou pareciam mais ficção do que essa realidade por ela enfrentada. Poderia jurar que aquela mulher não fosse capaz de cometer tantos crimes como cometeu. Poderia até jurar que ela não teria coragem de matar uma galinha quanto mais um ser humano. De outro lado, achava muita sorte da minha parte encontrar uma mulher com todas aquelas qualidades e tê-la para mim. Obviamente, eu a achava muito mulher para o meu bico. Em todo caso, poderia ser que a sorte me tivesse bafejado. Contudo, essa mulher de estonteante beleza começara a me narrar todos estes crimes desconhecidos e camuflados. É claro, fiquei perplexo e destemperado com esta estrovenga.

Convenci-me de que outros crimes hediondos haviam sido praticados no rastro da sua fuga. Isso pela maneira fria com se deu o esfaqueamento do motorista do caminhão e pelas reticências sobre os mais diversos assuntos da sua narrativa ao abordar certos trechos das conversas. Tudo isto me levava a crer que mais gente havia tombado na sua fuga para a liberdade. Aí eu vi quão perigoso era acompanhar esta mulher trágica e fatal, ainda ao desabrochar para a vida...

Se, de um lado, tinha medo de sua face ferina, de outro, tinha receio de perdê-la. Outrossim, pude descobrir, pelo episódio da casa assombrada, quem ela temia na realidade, de quem era o seu real pavor. Pude averiguar, então, qual não é a força de um boato – ou da cisma das coisas místicas que se inventam, apenas baseadas em balelas, sem nenhum fundamento científico – sobre espíritos maléficos capazes de tudo. Graças a estas asneiras, fiquei sabendo mais algumas truculências de Rose.

Convém também, neste momento, analisar a minha posição com referência à mulher que eu já amava. À primeira vista, parece fácil, para quem está de fora, resolver o problema. Porém, para quem gosta e está vivenciando uma situação igual àquela, não é tão fácil. É, aliás, dificílimo...

Um problema sem solução

Como se pôde notar, Rose, de pronto, repudiou a ida para a sua cidade porque, se para lá fosse, com certeza seria novamente recapturada. Morar na casa assombrada ela também não queria. Eu tinha assinado um contrato com o dono da casa por um ano, que previa multas e despesas se o acordo fosse descumprido. O meu salário não dava para pagar dois alugueres num mês. Assim, estávamos diante de um impasse.

Ela continuava nervosa. Não queria dormir comigo e preferia passar a noite com sua companheira de quarto no Palacete Ocre. Aí eu vi a minha felicidade, que um dia pensei ser plena, ir se dissipando, esbarrondando aos poucos. Por causa do desgosto de perder aquela a quem amei com tanta loucura, quase não comia e não dormia. Fui enfraquecendo de tal forma que comecei também a ver os fantasmas preconizados por todos na casa assombrada. Comecei a beber. Bebia que nem um gambá para esquecer e não ouvir aqueles barulhos de noite. Só bebia pinga, claro. Porque era a bebida mais barata. Se houvesse outra mais barata era nessa que eu embarcava. Tornei-me talvez o maior piteireiro de São Paulo.

Ora, eu, que quase sempre fui um positivista, incrédulo e racional, já admitia a existência das almas do outro mundo. Eu agora esta a ouvir os fantasmas abrirem portas, janelas, mexerem nas colheres, nos pratos, a ouvir tudo mexer sem que ninguém lhe tocasse. Isto era demais para a minha cabeça. Como Rose nesta altura tinha sumido das minhas vistas, com receio de que eu a denunciasse à polícia, não tinha eu como desabafar e me vi sem ninguém capaz de me ajudar neste mundo ingrato e sórdido.

O meu emprego também foi para o espaço. Assim, via a minha vida dar uma guinada de trezentos e sessenta graus. Mas se passaram dois meses, eu perdera tudo, mulher, casa, emprego etc. E se mais tivesse, mais teria perdido. Parecia praga jogada pela dona Ana e a filha Adélia. Comecei a procurar novo emprego. Mas com as roupas enxovalhadas, uma aparência famélica, quem me daria emprego? Quem?... Claro que ninguém! Procurei tenazmente novos laboratórios, mandei currículos para outros tantos, fiz fichas em várias farmácias, marquei entrevistas várias. Todavia, por causa da pinga e das confusões estabelecidas em meu cérebro, todas as portas se fecharam. Fiquei na rua da amargura. Sem eira nem beira, sem saber o que fazer, tinha dias que a minha cabeça parecia estourar de tanto doer. Uma grande depressão se apoderou de mim. Bebia agora, mais para esquecer e passar a dor de cabeça que outra coisa. Passava dias inteiros sem pôr um pedaço de pão na boca. Tornei-me um alcoólatra, um pária da sociedade, um morador de rua.

Contudo, eu era ainda um homem novo. Mas por causa do álcool, perdera a minha identidade, os meus amigos, a dignidade, a autoestima. Perdi tudo aquilo que tinha planejado anteriormente, para seguir na minha vida futura. Era um marginal na essência da palavra. Passei a conviver com tudo o que era de pior na sociedade: ladrões, prostitutas, mendigos, proxenetas, assassinos, piteireiros e, especialmente,com meninos e meninas de rua.

Era gente igual a mim que, naquele momento, não tinha onde morar nem nada a perder. Calculo que durante uns três anos andei perdido entre pingalhada, esmoler e vadiagem nesta grande cidade.

Certa noite de muito frio, de um extraordinário e rigoroso inverno, estávamos em grande quantidade de mendigos, talvez uns quinze ou vinte, sob um viaduto na Avenida São João, em volta de uma fogueira que havíamos feito para nos proteger do frio. Sem esperarmos, chegou um caminhão-pipa. Com a desculpa de que precisavam lavar as ruas, o condutor e seus ajudantes lançaram jatos de água que, além de nos apagar a fogueira, nos deixou todos molhados e ainda carregaram nossas madeiras. Foi um pandemônio aquela noite. Aqueles aleivosos de uma figa, quase nos mataram a todos de frio. Alijados da madeira, com a fogueira apagada, tentamos reagir. Ah, meu amigo, nem te conto nada! Em menos de dez minutos, chegou outro caminhão, agora carregado de policiais, que distribuíram pancadas por todos os lados até dizer chega. E ainda levaram alguns de nossos colegas mais fortes para os ergástulos do governo.

Néscio como eu estava, de repente, como se tivesse acordado da eterna bebedeira, pus-me a refletir e disse para comigo mesmo: *"Ó Ferro, isto não é vida!... Levanta-te, homem! Sacode a poeira e dá a volta por cima. Vai à luta!"*. Aí me dei conta do que ainda poderia fazer.

De pária a homem de negócios

Suponha que você, por algum motivo que não vem ao caso explicar, esteja vivendo entre párias da sociedade. E, de repente, você descobre que tem um quociente de inteligência superior ao dos demais e se dá conta de que pode alavancar certos mecanismos, neste mesmo ambiente em que você vive, para melhorar a sua vida e a daqueles seus semelhantes. Qual é o seu dever? Particularmente entendo que você deva usar todos os meios ao seu alcance para melhorar a vida desta comunidade. Foi justamente isso que fiz.

Ora, eu era bacharel em farmácia. Por isso, quando estava sóbrio, receitava alguns remédios aos meus colegas de infortúnio que, por qualquer motivo, ficavam doentes. Pois bem, como eu receitava, muitos ali me conheciam por doutor, outros me tratavam por português.

Naquela noite da molhação do caminhão-pipa, vários ficaram doentes, com resfriados, gripes e outras doenças mais. No outro dia, especialmente as mulheres e as crianças vieram logo me procurar para eu lhe ensinar remédios para se curarem. Isto me despertou a consciência de que eu possuía certa liderança sobre aquelas pessoas. Aí me lembrei de pôr em prática um plano de ação. Precisávamos comprar remédios, mas não tínhamos dinheiro. Para isso, resolvi convocá-los (naturalmente aqueles em condições) para mendigar, para pedir dinheiro na rua a fim de comprar os remédios necessários.

Num sodalício, numa irmandade composta pela molecada e pelas mulheres, convenci-os a angariar algum numerário a fim de fazer um fundo de caixa com aquela finalidade. Todos observaram a minha disposição em ajudá-los. E assim aquela cabala começou a estender a mão ao público. Nos primeiros dias a coisa foi mal. Não funcionava de jeito nenhum. Não havia organização nem método para pedir. Tudo o que traziam eram importâncias reles e pífias. Pus-me então a pensar e a imaginar qual seria a melhor forma de pedir esmolas com êxito.

Lembrei-me de ter lido, nos meus tempos de faculdade, uma peça teatral de Juracy Camargo chamada *"Deus lhe Pague"*, cuja figura central era justamente um mendigo. Tentei recordar-me de como funcionava aquele personagem do grande dramaturgo nacional para aplicar à vida real aquilo que ele, com muita arte e filosofia, concebera como ficção. Nesta obra, o autor transporta a sua singular inteligência para o teatro, despertando no público o desprezo da alta sociedade local pelo mendigo.

Mais uma vez reuni aqueles capadócios à minha volta. Eram onze mendigos, seis crianças, quatro mulheres e um homem já endêmico e grande piteireiro. Reunimo-nos debaixo do viaduto onde nos escondíamos. Fiz uma palestra sobre os lugares e como deveríamos pedir esmolas às pessoas, usando certas técnicas e preceitos:

Primeiramente, dirigi-me às crianças, indicando-lhes os pontos e como eles deveriam abordar as pessoas. Expliquei e exemplifiquei: – Você é uma criança, logo você deve escolher para pedir a sua esmola uma pessoa que seja mãe, pai, avô ou avó. Por quê? Porque qualquer uma dessas pessoas , que tenha uma criança sob sua tutela, vai se condoer, sentir no coração e ver em você a imagem daquela criança que ele tem sob sua estima e perceber que não gostaria de vê-la na situação em que você está. Então, vai ser muito fácil arrancar-lhe uma bela soma. Entendido?

– Onde encontrará você, com maior facilidade, estas pessoas? Naturalmente em lugares apropriados, onde se encontram essas crianças, como maternidades, escolas, jardins de infância etc. A forma de pedir deverá ser sempre pela saúde dos filhos, se a pessoa a ser abordada tiver cara de pai, mãe, avó ou avô.

Depois foi a vez de explicar aos adultos, mulheres e homens, embora ali houvesse apenas um homem:

– Como observaram, as crianças vão procurar lugares apropriados para pedir. Vocês devem fazer o mesmo. E quais os lugares apropriados para vocês, adultos, pedirem? São as portas de igreja, de hospitais, de cemitérios, de velórios etc. Como fazer o pedido a essa gente, especialmente os ricos, que são aqueles a quem vocês devem escolher para pedir? Convém, desde logo, usar um pouco de psicologia. Pois não é possível pedir uma esmola por Santo Antônio (um santo casamenteiro) a uma senhora de oitenta anos. Porque, com certeza, ela não está na igreja pedindo a Deus para lhe arrumar um bom casamento!

– Agora, se o pedido for feito a uma moça dos dezesseis aos vinte e cinco anos, ou até mais um pouco, se ela não estiver com aliança no dedo, convém pedir esmola para o santo casamenteiro. Isto se for uma missa comum. Se for uma missa de sétimo dia, deve-se pedir pela alma do finado. Isso também vale para quando se for pedir à porta de cemitério ou de velório. Tanto quanto possível, devemos nos referir a nossa amizade com o dito-cujo, mas para isso devemos fazer uma pesquisa sobre a sua pessoa, juntar algumas referências, para que não se caia em contradição. Nos hospitais, a esmola será sempre feita em nome de Deus pelo pronto restabelecimento e pela saúde do enfermo.

O método científico é o melhor

Este modelo organizado de pedir, logo nos primeiros dias, apresentou excelentes resultados. Cada esmoler trazia avultadas quantias de dinheiro, muitas roupas, sapatos de defuntos e outros bens de uso pessoal, que depois nós vendíamos em brechós. Isto me levou a escrever um manual com regras, artigos, parágrafos etc., como se fosse um tratado. Aliás, o "Tratado de Como Pedir". Este manual era mais para mim já que poucos sabiam ler. Eu apenas lia para a maioria deles essas orientações.

Cerca de um mês depois, a minha organização já contava com mais de cinquenta pedintes. Tínhamos dinheiro no banco, compramos um pequeno caminhão velho para carregar roupas e os objetos doados pelas famílias dos defuntos. Enfim, o negócio prosperava a olhos vistos.

Eu estava à frente da organização. Todos os bens e dinheiro estavam no meu nome porque a maioria daquela gente não sabia ler nem percebia nada de contas nem como trabalhar com o dinheiro. Assim, a organização foi caminhando sob a minha orientação e distribuindo vários benefícios aos meus companheiros de rua. Agora, todos tinham boas roupas para sair aos sábados e domingos e dinheiro para almoçar e jantar em bons restaurantes nesses dias. Tinham também dinheiro para sair à noite, para ir ao cinema ou ao baile, para aqueles que gostavam de dançar. A empresa ia aos poucos dando alguns confortos que não existiam antes do meu esquema. No entanto, mesmo com muito dinheiro nos bancos, fiquei morando com eles debaixo do viaduto porque, durante meus três anos de pinguço, havia perdido o crédito na praça. Isto me dificultava a vida, apesar de, como empregado, sempre ter descontado e pago vários impostos e contribuições previdenciárias.

Contudo, embora tenha pagado esses impostos, jamais deles usufruí. E digo mais: quando caí na rua da amargura, tentei um auxílio do governo, porém todos os órgãos que recolheram meus impostos e contribuições me voltaram as costas, alegando que eu não tinha idade para usufruir da ajuda de que tanto precisava. Diante desta sacanagem, jurei para mim mesmo que nunca mais pagaria um só tostão de impostos. Pois não é de você ficar puto com esses cabrões? Quando é para cobrar impostos, os cornos acham bom! Agora, quando é para você ter o benefício, eles te viram as costas! Ora, vão todos para o raio que os parta! Nunca mais pagarei imposto – nem que tenha muito, muito dinheiro. Prefiro distribuí-lo aos mendigos, meus companheiros, que pagar impostos.

Capítulo VI

A organização em pé de guerra

Decorreram aproximadamente três anos. Os negócios da O.P.A. (Organização dos Pedintes Anônimos) caminhavam em grande evolução. Eu, sempre na vanguarda do empreendimento, dirigia-o de maneira correta e honesta, como se fosse uma empresa. Os associados estavam satisfeitos, tendo em vista os benefícios recebidos. Não lhes faltava nada e poucas eram as preocupações deles com o futuro, por sentirem êxito e firmeza na minha direção. Todos, sem exceção, tinham nos finais de semana, garantidos a sua roupa lavada, algum dinheiro no bolso para despesas, como almoço, jantar em restaurantes honestos, cinemas e outros divertimentos. Ah, tínhamos também um estoque de medicamentos (uma espécie de farmácia clandestina), dois médicos contratados para assistência médica e mais algumas regalias. Havia harmonia dentro da organização.

Periodicamente, eu fazia palestras sobre como procurar novos clientes, novos pontos de trabalho mais lucrativos e, principalmente, pedia-lhes para não perturbarem sempre os mesmos clientes a fim de não os constranger nas suas esmolas. Esta era a retaguarda de trabalho apresentada por mim nestas nossas reuniões de assessoria aos pedintes. No mais, eu ficava contabilizando os lucros da organização, fazendo o serviço bancário e outros expedientes constantes, como passar recados para a retirada de roupas, a distribuição de serviços ao motorista para buscar doações. Enfim, o expediente da organização.

A organização já atingira cerca de uma centena de associados, muitos dos quais vieram se juntar a nós pela fama de nossa segurança e da honestidade do Doutor, que era eu. Na verdade, agia com lisura com eles. Todavia, a coisa começou a tomar proporções que eu já não conseguia controlar, principalmente a entrada de pessoas que se vinham associar ao nosso movimento, nos últimos meses. Estes novos associados, na sua grande maioria, eram indivíduos capadócios, traiçoeiros, ladrões, proxenetas, malfeitores, arruaceiros e até assassinos. Enfim, era gente sem nenhuma qualificação e nem escrúpulos. Como se vê, isto se tornava cada vez mais difícil de dirigir.

Certa noite, alguns destes indivíduos tramaram um golpe para me matar, mas descuidaram-se em dar com a língua nos dentes perto daquele velhote doente que começara a campanha comigo e que eu ajudara muito na sua doença. Ora, ele veio de imediato me contar a trama. Sabedor dos acontecimentos, reuni

os elementos mais chegados a mim e, sob o juramento do velhote da veracidade dos fatos, indaguei quem estava ali contra a minha pessoa. Quase todos foram unânimes em afirmar que estavam a meu favor. Mas formavam-se dois grupos: este, a meu favor, e outro, contra.

A associação estava em pé de guerra. Naturalmente, do outro lado também havia um líder. Era um tal Carlão, homenzarrão alto, forte, de barba cerrada, cabeleira desgrenhada, estulto, beberrão, assassino, que se chegara a nós quando caíra doente e sem forças e que ajudamos a se restabelecer.

Os meus comandados, a bem da verdade, eram em maior número. Todavia eram aqueles mais fracos, endêmicos, a maior parte mulheres e crianças. Quanto aos apoiadores do Carlão, pelo contrário, quase todos faziam parte da quadrilha de marginais que se vieram homiziar ali conosco, portanto quase todos fortes e de mau caráter.

Estabeleceu-se assim uma cisão dentro da O.P.A. Eu, com a minha turma mais numerosa, porém fraca, de um lado, e Carlão, com seus facínoras, malfeitores e fortes, do outro. No corpo-a-corpo, estava claro que estávamos em desvantagem, mas na manha e astúcia, com meus conhecimentos nos sobrepúnhamos a eles. E assim, primeiramente travamos uma luta de bastidores, onde não faltaram as falas mansas. Meus pontos de vista evocavam a necessidade de uma liderança total sobre o grupo.

Contudo, meu opositor, desconhecedor das premissas políticas do diálogo e das conversações, quis logo partir para ignorância, para o racha na base da porrada. O resultado não poderia ser outro senão o esfacelamento da organização.

Ora, durante o tempo em que estive à frente da organização, havia angariado um fundo de caixa de valor invejável. Muito dinheiro que estava em meu nome. Entretanto, devo confessar a minha angústia e desespero quando recebi ameaças de morte. Por que, se me matassem, para quem iria toda aquela fortuna depositada em meu nome? Eu tinha, então, que fugir do calundu do Carlão, tinha que escafeder-me de sua abjeta torpeza, tramada na calada da noite para me matar. Naturalmente, ainda que tivesse consciência da minha responsabilidade perante aquelas pessoas que, durante todo este tempo, depositaram sua confiança em mim, não era justo deixar-me crucificar pelo aleivoso Carlão. Depois de um acurado exame de consciência, entregando meu sestro nas mãos de Deus, decidi dar o pinote (ou calote, como queriam) na O.P.A. e cair fora enquanto era tempo. Não tive alternativa senão a de me esconder do ímpeto de valentia dos meus algozes. Na calada da noite, dando o troco à cabala, aos que obstaram a minha permanência na direção da O.P.A., peguei a pasta com os documentos das contas bancárias e com alguns apontamentos da minha contabilidade e caí fora daquele nefasto lugar.

Os primeiros dias de nababo

Mudei-me. Ocultei-me. Transformei-me da noite para o dia. De mendigo para um bem-sucedido homem de negócios. Mas a minha mudança apenas não era o bastante! Porque, se eu continuasse a andar trajado como andava, enquanto estivera com eles debaixo do viaduto, cedo ou tarde algum deles me encontraria. E isto seria fatal.

Então, meu primeiro passo foi ir a uma loja de roupas. De cara, comprei três ternos, meia dúzia de camisas, cuecas, meias, gravatas etc. para uma transformação completa. Ah, também fui ao barbeiro, mandei aparar as poucas repas que ainda tinha, cortei a barba e joguei fora a boina. Uma radical mudança de visual. O que não pude fazer assim de afogadilho foi comprar um apartamento. Por isso, fui morar em um hotel. Mas num hotel de bairro nobre, no Morumbi, e distante do centro, onde eu me escondia com os meus colegas mendigos.

Nos primeiros dias, confesso que fiquei sem saber o que fazer, mormente, porque estava sob forte emoção ditada pela turba maquiavélica que me destronou. Sim, porque, para aqueles miseráveis e indigentes, eu era considerado um rei até o episódio do Carlão e os acanalhados dos seus comparsas. Mas, como ia dizendo, fiquei atônito com minha nova situação. Tanto que não queria acreditar naquela página que se abria na minha vida dali em diante.

É óbvio que eu, com tanto dinheiro em meu nome em vários bancos desta grande cidade, deveria, para preservação e segurança da minha vida, escolher um bairro onde não encontrasse ninguém dos meus antigos conhecidos e companheiros. Se os encontrasse, talvez me trouxessem possíveis aborrecimentos e até a possibilidade de me entregarem aos meus antigos inimigos. Leve-se em conta que, antes das desavenças entre os dois grupos, eu havia concebido um plano com o objetivo de, primeiro, salvar a minha pele, e, segundo, carregar o dinheiro, como é natural de se concluir.

Também já me referi à pasta onde eu carregava os talões de cheques de todos os bancos, assim como os documentos que me eram necessários ao meu controle e aos quais me dediquei durante vários anos no exercício das contas da organização. Foi tudo o que carreguei daquele lugar imundo, onde, por vários e longos anos, tive a desventura de habitar. Mas não me arrependi porque valeu a pena! Valeu a pena, repito, porque foi ali que comecei a ver a cor do dinheiro, a ver a fartura dos milhões à qual aspirei com tanta volúpia e ansiedade durante anos. Agora, via despontar uma nova aurora para mim, graças a Deus! Por isso, ergui as mãos aos céus por um dia eu ter caído na sarjeta, no mundo dos piteireiros e dos pífios...

Da boca-do-lixo, do antro da vadiagem, do nefasto esconderijo debaixo de um viaduto, em que permaneci todo sujo, esguedelhado, barbudo e geboso, eis-me repentinamente barbeado, cabelo aparado, bem vestido, bem calçado e ainda por cima habitando uma suíte de um hotel nas proximidades do Morumbi, respirando o ar puro e saudável do mais famoso e chique bairro da cidade de São Paulo. Era muito para mim!...

Habituado ao barulho constante dos carros na grande cidade, a princípio estranhei aquele sossego, aquela paz de espírito do esnobe bairro distante. Era como se estivesse acordado dentro do sonho. Na primeira noite dormida em meus aposentos, me parecia estar no céu, ou melhor, nas nuvens, entre serafins e querubins velando meu sono profundo. Dormi com a televisão em cores ligada e tudo quanto tinha direito.

Acordei às nove horas com o repenicar do telefone, como eu havia determinado. A recepcionista, muito gentilmente, com voz serena, suave e delicada, perguntou-me:

– O senhor deseja tomar café da manhã no apartamento ou prefere descer ao restaurante?

Ora, nunca havia me hospedado num hotel de cinco estrelas e, por isso, não conhecia estas mordomias. Além disso, não tinha lido as normas do hotel afixadas atrás da porta. Mais do que depressa, exclamei:

– Ah, vocês servem café aqui? Então que *venga El toro...*

Naquele dia, veio um garçom trazer-me o café. Era um homem rude, parecia ser dono do hotel. Fiquei com uma bronca dele dos diabos pelo seu feitio arrogante. Mas depois tomei um banho morno, vesti um daqueles meus ternos, desci à portaria do hotel e pedi para me chamar um táxi a fim de dar uma olhadela nas lojas de moda de Pinheiros. Corri as principais ruas daquele bairro, olhando as vitrinas, observando as pessoas, verificando e comparando preços até me cansar. Em seguida, comprei um jornal e fui à procura de um restaurante para almoçar.

Deveriam ser umas duas horas da tarde quando encontrei o restaurante. Justamente à porta, estavam postados alguns meninos de rua, descalços, desnudos, esqueléticos e esfaimados. Foi o meu primeiro arrepio de consciência. Com toda a sinceridade, ao ver aquelas crianças famélicas, lembrei-me dos meus antigos companheiros de infortúnio, do sótão do viaduto onde tinha recentemente morado. Senti, como se visualizasse sombriamente em minha mente, todos aqueles episódios propedêuticos que serviram de pretexto para a minha fuga com os inexauríveis milhões daqueles desgraçados. Devo confessar que foi um baque atroz. Em poucas palavras, atassalhou meu coração. Titubeei, cambaleei. Deram-me uns arrepios, umas vertigens inefáveis.

Mas aí acordei para a realidade e disse para comigo mesmo: – Ora, vamos lá, ó Ferro! São contingências da vida... – Pus a mão na algibeira, tirei duas notas gordas e dei à gurizada famélica.

Pensei assim em comprar a minha consciência pesada e quitar as contas com Deus pelo surrupio do dinheiro dos mendigos. Empinei o queixo, entrei sem pestanejar na monumental casa de pasto.

Por alguns momentos fiquei tranquilo. Almocei como um nababo. Como um padre, paguei regiamente a conta e ainda deixei uma polpuda gorjeta para o garçom. E como tinha ainda um maço de cigarros daqueles dos tempos de mendigo no bolso, fiquei um pouco acanhado ao me dispor a fumar aquela reles marca. Então, pedi ao garçom para me trazer charutos, daqueles havaianos, naturalmente, os mais famosos e caros da época.

– Quantos? – perguntou, com servilismo, o garçom.

– Todos quantos estiver aí – respondi com empáfia.

E assim esnobei os meus caprichos diante daquele pobre serviçal, logo no meu primeiro dia de gentil-homem ou de homem rico, como queiram.

Depois de mais umas voltas pelas ruas atulhadas de pobres-diabos, cobiçando as elegantes e belas mulheres do rico bairro e de suas adjacências, volvi ao meu luxuoso hotel por volta das sete horas. Aí refocilei-me numa poltrona em frente à televisão, a fim de observar se alguém apresentara à polícia alguma queixa ou davam alguma notícia a meu respeito e dos milhões subtraídos aos mendigos, meus antigos companheiros e camaradas.

Desci ao restaurante do hotel, empanturrei-me novamente de uma comida forte de um belo vinho Dom Grão Vasco. Quando eram nove horas, voltei ao meu apartamento, tomei novo banho morno, pus meu níveo pijama de linho e dormi assistindo televisão em cores um pouco entediado, talvez por causa do bródio jantar.

Acordei no meio da noite de um pesadelo infernal. Uma alucinação inquebrantável veio perturbar o meu sono de homem de elevados cabedais, oriundos da minha astúcia e, por que não dizer, da minha persistência em meus estudos nos bancos escolares e de uma afanosa e inesgotável força de trabalho. Todavia, a minha alucinação e perturbação originavam-se, em toda a sua extensão, da visão nítida da minha passagem pelos meandros das galerias recônditas e infernais da pobreza e da vadiagem dos meus tempos de alcoólatra, de mendigo.

Consciência pesada

Deveriam ser umas três horas da madrugada quando daquele horrendo pesadelo: a turba de mendigos, em circunvoluções, me rodeava gritando palavrões, ululando injúrias, mostrando as carnes e as partes pudendas de seus corpos sob as vestes rasgadas, num alarido ensurdecedor. No sonho, pareciam mais de quinhentos, quiçá mil criaturas de cabelos desgrenhados, sujos e imundos avançando em minha direção, armados de paus e pedras e outras armas, para me agredir. Vociferavam aflitivamente. Eu corria, corria, corria sem parar à frente deles por um deserto sem fim. Eis quando surgiu na minha frente um enorme muro intransponível. Acuado, sem ter por onde escapar, acordei. Despertei com o meu pijama de linho branco ensopado em suor, como se estivesse acabado de sair debaixo do chuveiro. A televisão estava ligada. Com as imagens da tela mais as imagens que ainda retinha dos mendigos, visualizava cenas horripilantes, indescritíveis e inefáveis daqueles míseros seres em meu redor.

Levantei-me. Completamente zonzo, tomei um banho frio, tentando esquecer aquela parafernália de ideias babélicas que intumesciam a minha alma como se fosse um enorme vendaval inflando as velas de um veleiro. O sol ainda demoraria a aparecer para eu sair e ir espairecer e acalmar, relaxar aquela tensão que inundava o meu espírito flatulento. Deitei-me novamente. Não consegui dormir. Fiquei então estirado, esperando fazer-se o dia para me levantar e ir a algum lugar onde pudesse serenar o meu perturbado espírito. Assim fiquei até que vislumbrei uma réstia de claridade pela janela do apartamento. O sol vinha raiando, calorento e rutilante.

Tomei o café da manhã e fui esquecer as minhas angústias e aflições e esta ansiedade entristecida. Neste dia, fui para os lados de Santo Amaro. Era muito cedo e o comércio estava fechado. Perambulei pelas ruas ainda quase desertas daquele

antigo centro da cidade, onde os feirantes começavam a chegar em massa. De repente, me vi rodeado de uma turba quase igual à aqueles mendigos, trapaceiros e charlatães com os quais andei durante muito tempo e cuja presença naqueles sonhos tanto me afligia. Vieram novamente à mente aqueles fantasmas. Senti-me mal. Afastei-me apressadamente daquele lugar abjeto. Contudo, como se uma presença de espírito me chamasse a atenção, despertei para uma nova realidade e numa autocrítica disse para comigo mesmo:

– Então, o que é isso, ó Ferro?... Vamos, homem! Precisas levantar o astral. Faz como todos fazem, homem! Já viste tu algum banqueiro se arrepender de furtar ou roubar ou de se locupletar com o dinheiro dos pobres? Claro que não! Por acaso viste tu algum político, seja vereador, deputado ou senador, se arrepender dos milhões que roubam dos cofres públicos, e portanto do povo, com suas falcatruas? Por acaso não tens tu visto essa cambada de safados dos poderes públicos, sejam prefeitos, governadores, secretários de Estado, até mesmo juízes e outros próceres do governo, enfim toda essa cambada de políticos se locupletando do erário público em proveito próprio, com a consciência pesada? Que nada! Esses sim é que deveriam ter peso na consciência! E tu, o que fizeste? Tiveste que fugir para não seres assassinado! Abandonaste o teu posto porque te perseguiram e quiseram te tirar a vida! Por que ter peso na consciência? Se te matassem, para quem iria todo esse dinheiro que está em teu nome? Não iria ele para as mãos sujas dos banqueiros? Naturalmente que sim! Estes é que se locupletam do teu esforço e o dos teus amigos mendigos, sem nada fazerem, sem mexerem uma palha para amealharem essa invejável fortuna que hoje é tua! Sim, podes crer, ficaria com os banqueiros que em nada contribuíram para angariá-la. Vê tu, eles não têm consciência de nada, sequer sabem o significado dessa palavra, não é isso? Agora, tu não. Trabalhaste, puseste a tua capacidade a serviço daqueles mendigos. Enquanto eles estiveram sob a tua liderança e comando, tiveram tudo e mais alguma coisa. Não tinham eles descanso aos domingos e feriados, com direito a almoçar em bons restaurantes e a roupas asseadas? Não tinham eles dinheiro para irem ao cinema e mais uma quantidade de mordomias, remédios e médicos gratuitamente? Claro que tinham! Quando caíam doentes, não eras tu que os levavas para os hospitais e encarregavas-te de os acompanhar durante a enfermidade? Convenhamos, o que aconteceu foi contingência do destino. E, contra o destino, nada se pode fazer. Por tudo isso, homem, levanta a cabeça e vai gozar a vida. Vai desfrutar dessa fortuna porque, ao que tudo indica, foi a mão de Deus que assim o quis, assim destinou. Agora, canta umas estrofes à moda de Catulo e vai em frente...

Por um momento me convenci da minha inocência, mormente depois de conscientemente ponderar todas estas inferências, em minha defesa, sobre os acontecimentos catastróficos e hediondos dos últimos dias.

Saí daquele lugar pobre da feira, caminhei por uma rua arborizada e limpa. Caminhei sem saber para onde ir. As lojas começavam a abrir suas portas. Passei em frente a lojas de roupas, de ferragens, de supermercados e parei em frente a um revendedor de automóveis. Entrei. Olhei. Vi expostos vários tipos e modelos, só da marca Ford.

O meu refinado bom gosto me chamou a atenção para um Landal azul-escuro. Um carro e tanto, lindo! Não pensei duas vezes. Tirei o meu talão de cheques e comprei o carro à vista. Ah, que satisfação poder gozar e mostrar a minha grandeza! Ah, que alegria em poder esnobar diante daqueles que me supunham incapaz de medrar o feérico mundo da fantasia! Agora que parecia haver me libertado daquelas ideias malucas de peso na consciência – senti-me feliz. Ali fiquei o dia inteiro tratando dos documentos. Os funcionários, zelosos, não me quiseram liberar o carro sem conferir se o meu cheque tinha suficiente provisão de fundos para pagar o espalhafatoso carro. Entretanto, até achei bom porque, como tinha meu tempo todo ocupado, não tinha espaço para pensar em bobagens e parecia ter-me livrado daqueles pesadelos.

A vantagem de ser ou parecer rico

Durante o tempo do alcoolismo, como mendigo e miserável, jamais alguém olhou para mim. Era como se eu não existisse, todos os meus conhecidos só me chamavam de Português ou Doutor. Naturalmente, Doutor para aqueles que necessitavam dos meus préstimos ou então por galhofa ou zombaria. No hotel, logo nos primeiros dias como hóspede, também ninguém me cumprimentava nem se dignava a dar-me bom-dia ou boa-noite, ainda que fugaz, incluindo aquele garçom do meu primeiro almoço no apartamento. Depois de eu ter comprado o tal carrão, ele se desfazia em cumprimentos, em sorrisos e ditos. Era senhor doutor para cá e para lá, numas vênias e mesuras piegas e chulas de me deixar envergonhado às vezes. Agora, todos os empregados do hotel, os donos e até os hóspedes queriam saber quem eu era e o tamanho da minha fortuna.

Intrigava-os a todos a maneira como eu cheguei, com apenas uma mala e uma pasta velha e reles (por questões de simpatia não quis trocar a pasta), para depois eu aparecer com aquele luxuoso automóvel na porta do hotel, como se se tratasse de algum grande magnata, um industrial, comerciante ou, quiçá, um dessas vetustas famílias de fazendeiros. Isto era notado pelos mais invejosos. Então choviam especulações de todos os cantos, com conjecturas sobre a realidade da minha fortuna, contestada por uns e glorificada por outros. O meu nome passou a ser momentaneamente o mais discutido no hotel e nos meios por onde passava. Uns alvitravam ser a minha fortuna oriunda de grandes fazendas de café do Paraná, outros de um enorme complexo industrial do Rio Grande do Sul, outros atribuíam o meu potencial econômico a uma rede de supermercados da Bahia. Enfim, cada um tinha a sua versão para avaliar de onde provinha o meu dinheiro. Quem me falou tudo isto foi uma arrumadeira de quarto, fina e bem educada, por sinal bonita, também muito boa e gostosa de cama...

Todos, sem exceção, queriam saber de onde vinha o meu dinheiro. E eu, que subtraíra o dinheiro da O.P.A., carregava comigo o enorme peso na consciência. Calava-me sem dizer nada a ninguém e sob a tortura de um pesado sofrimento, que perseguia a minha angustiada e triste alma. Então, fechei-me no meu quarto e chorei...

Depois, para aliviar este sentimento de culpa, lembrei-me dos banqueiros, dos políticos, dos administradores do governo. Comparei o caso deles ao meu e aí me aliviei destas aflições pungentes. Mas a verdade é que, com tantas pessoas interessadas em saber como eu tinha adquirido tamanha fortuna, cedo ou tarde alguém descobriria a fórmula. E logo começou o assédio à verdade.

Entretanto, eu ia vivendo uma vida de nababo. Para me distrair, na parte da manhã, ia para a piscina bronzear-me e conversar com alguns hóspedes, daqueles que, como eu, moravam no hotel. Enquanto ficávamos ao sol, surgiam papos sobre os mais diversos assuntos e, quase sempre, dirigidos no mesmo sentido, isto é, sobre a origem do meu dinheiro. Mas eu tinha vivido muita coisa na vida para cair naquela esparrela. Certo dia, tomando uns uísques na beira da piscina com um casal, a mulher indiscretamente me perguntou:

– Senhor Ferro, o senhor parece ser um homem muito rico! Contudo, nunca vi o senhor tratar de negócios. Como o senhor conseguiu essa fortuna?

Há muito eu esperava esta pergunta. Por isso, já tinha estudado uma resposta à altura de satisfazer estas curiosidades. Sem titubear, com o peito enfunado, disse arrojadamente.

– Uma herança, minha senhora! Uma herança de um tio meu muito rico em Portugal!

– Ah, uma herança! – exclamou ela muito espantada. E, virando-se para o marido:

– Eu não disse que o senhor Ferro não tem cara de fazendeiro! – Aí o marido completou:

– Eu também. Sempre me pareceu que o senhor Ferro, com a cultura que tem, não poderia ser fazendeiro, mas... – quando ia acabar com raciocínio, atalhei:

– Na verdade, sou formando em farmacologia. – Confessei-lhes, depois de ter tomando um gole de uísque.

– Ah, o senhor é formado em Farmácia? – inquiriu a mulher apreensiva. Porque eles observaram o meu sotaque português e logo fizeram um juízo antecipado de que eu fosse algum analfabeto. Eis pois, o motivo de sua admiração. Depois de conversarmos durante quase uma hora, o casal retirou-se. À noite, ao jantar, todo mundo sabia da minha vida particular e da origem da minha fortuna. Não a verdadeira, mas a origem que eu havia inventado. Foi bom porque assim deixaram de investigar a minha vida mais profundamente. E aí pude voltar a minha rotina.

Duas coisas todo mundo ficou sabendo: primeiro, eu era solteiro; segundo, a origem da minha fortuna. Sobre meu estado celibatário, é de se convir que isto me trouxesse grande vantagem e provocasse algumas disputas entre as mulheres solteiras ali hospedadas e até entre algumas mulheres casadas que queriam faturar algum. Com aquele carrão à minha disposição, o tanque cheirando a gasolina, não havia mulher que não me oferecesse seus seios a um gesto meu de desejo e de posse...

Na verdade, depois daquele dia, o telefone, logo de manhã repenicava, com as mulheres me assediando com convites: umas queriam ir dar umas voltas e passear; outras ir às compras e shoppings. Até uma casada queria que eu a levasse a passear não sei aonde. Aí eu perguntei:

– Mas aonde realmente a senhora que ir passear?

– Aonde você quiser!

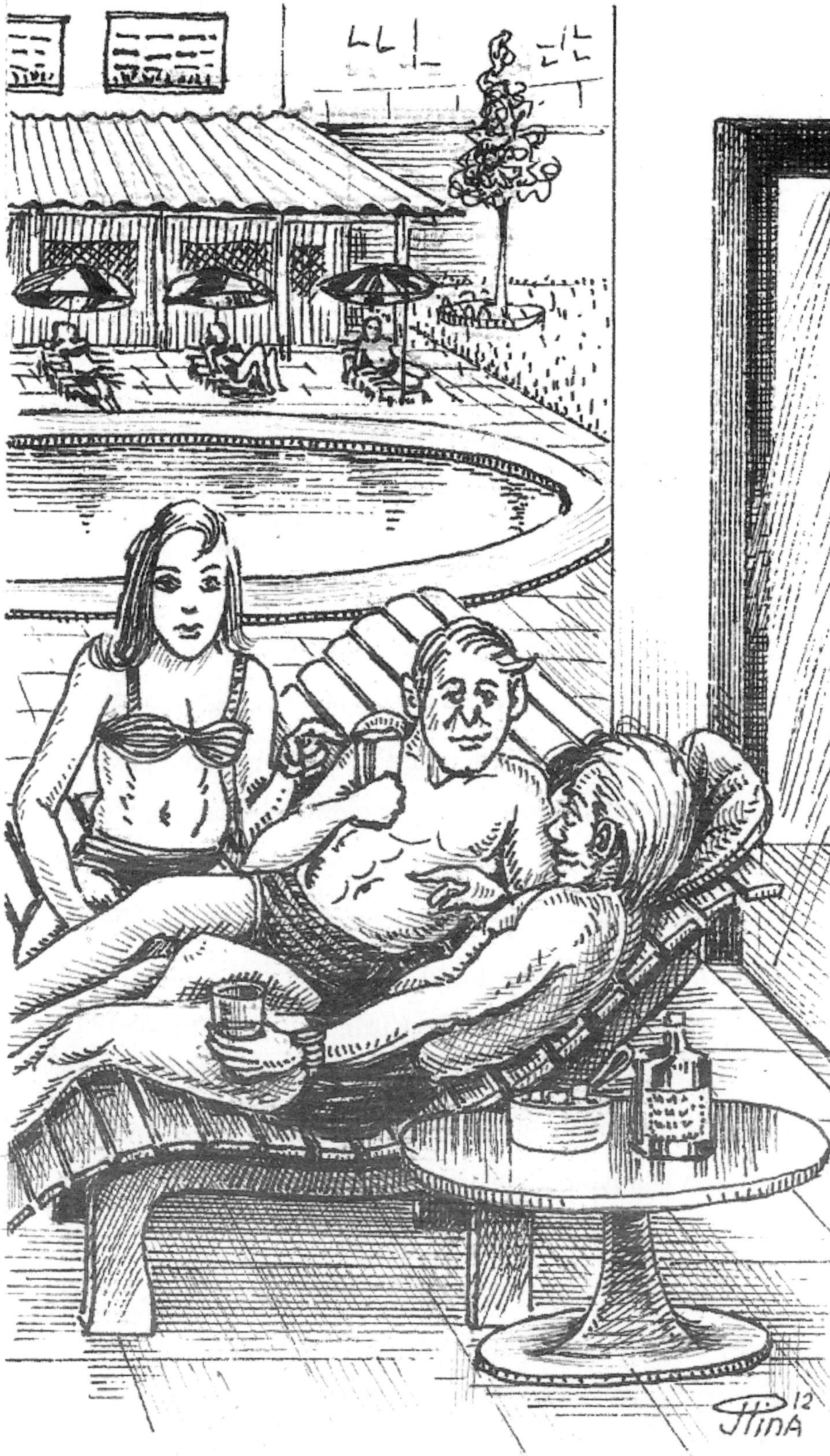

– Como assim? Posso levá-la a qualquer lugar?

– Claro, o que é que tem?

– Tem o seu marido!

– Ele não se importa! – exclamou, com uma risada sarcástica e sacana.

– Jura que ele não se importa se eu a levar a um motel?

– Juro. Ele não está nem aí para isso. Se você quiser, vamos!

– Isso não pode ser acertado assim pelo telefone. – disse eu, meio sem jeito – Temos de acertar isso melhor, você não acha?

– Como você quiser! É só me telefonar. Você sabe o número do meu apartamento. É só me ligar que eu estou pronta! Ok?

E assim quase todos os dias eu tinha convites para passear. Estava atravessando um dos melhores momentos da minha vida. A não ser aqueles achaques da minha consciência, o resto era só alegria. Era tudo quanto tinha desejado naquela minha adolescência atormentada. Movia-me neste momento a intenção de comprar uma casa ou mandar construir um palacete onde eu pudesse refocilar as minhas energias, a fim de completar o meu conforto e o meu bem-estar. Entretanto, ficava cismando no conforto do hotel sobre as tantas agradáveis coisas que tinham me acontecido, esquecendo-me por completo esta ideia da casa.

De outro lado, coleavam pelos corredores do hotel seres aleivosos, repugnantes e turibulários, como se andassem nas sáfaras primitivas onde nasceu pai Adão, ao assédio à minha fortuna, como se eu fosse algum tolo ou néscio, incapaz de gerir o meu dinheiro! Naturalmente, como manda a boa administração moderna, eu transferi todos os meus capitais das agências do centro da cidade para as filiais dos bancos do novo bairro onde me hospedei, para melhor controlar as minhas contas. Ao mudar de endereço, como é óbvio, os extratos do controle bancário vinham todos para o hotel, agora a minha residência fixa.

Não sei como aconteceu. Posso garantir que da minha boca jamais saiu alguma referência à minha fausta e suntuosa fortuna. Suponho... suponho que alguém deva ter aberto algum daqueles envelopes de algum banco em que vinham o extrato e o saldo de minha conta corrente com aquela fabulosa fortuna. Suponho, hein! Porque não posso dar como verdadeira uma coisa de que não tenho a certeza. Na verdade, não poderia de maneira nenhuma haver vazamento deste segredo bancário, a não ser dessa forma. Foi quanto bastou para aqueles duros do hotel se iniciarem à caça aos meus milhões.

O assédio ao meu rico dinheirinho

Já afirmei que não sei o que aconteceu. Sei da tramoia, da safadeza e do descaramento de alguém do hotel. Poderia até ser algum hóspede ou mesmo algum daqueles empregados subalternos que se apoderou de algum dos meus extratos bancários para espalhar pelo hotel o tamanho da minha fortuna.

Ora, aqueles duros contumazes golpistas na praça, ali moradores, que só tinham panca – dinheiro mesmo, que é bom, não tinham bolhufas – ao saberem da minha grande fortuna, faziam fila para pedir dinheiro. Não lhes conto nada! Era um tal de pedir dinheiro que não me davam sossego. Não eram apenas os homens, não! As mulheres também. Olhe, durante uns oito dias, foi um inferno. Não me deixavam dormir, ficando só pedinchar dinheiro.

Decidi então viajar para ter um pouco de sossego. Peguei meu carrão, pus na mala algumas roupas e parti para o Rio de Janeiro. Diga-se, à guisa de informação, da minha excelsa admiração pela cidade maravilhosa. Jamais me esqueci daquelas praias ensolaradas de areias douradas e das belas e lindas morenas cariocas, sempre graciosas e faceiras, requebrando o bumbum num balanço encantador, de fazer cair o queixo e levantar defunto da cova. Mas não foram apenas estes os motivos de eu voltar ao Rio.

Os meus pais moravam lá. Aliás, minha família toda morava lá e agora que as coisas tinham melhorado para mim, nada mais natural e lógico do que fazer essa visita. Nada mudara, a não ser o envelhecimento natural de meus parentes. Minha mãe ficara mais gorda e meu pai todo encanecido, alquebrado, aposentado com uma mixaria, arrastando-se ali nos botecos das redondezas de onde morava, em jogatinas de cartas para matar o tempo. Meus irmãos, de quem meu pai perdera o contato por conta das bebedeiras, todos haviam casado e se espalhado pelos bairros mais afastados do centro. Todos numa merda de fazer gosto!

Ao chegar à casa de meus pais com aquele carrão, e vê-los ainda pagando aluguel, morando naquele chiqueiro fétido e bafioso da Teófilo Otoni, entendi que algo estava errado. Este meu juízo me impulsionou a pensar em comprar-lhes um apartamento ou uma casinha mais aconchegante, mais álacre, onde eles pudessem passar a velhice mais tranquila. Foi o que fiz e, naturalmente, qualquer filho nas minhas condições faria. Foi o suficiente para os meus irmãos virem todos em cascata a pedir-me dinheiro para comprar casas, móveis, carros e nem sei o que mais!

Porra! Eu fugira de São Paulo justamente por causa dos peditórios. Agora, no Rio todos queriam o mesmo! Apesar de estes serem meus irmãos, cá para nós, se eu fosse emprestar (dar) dinheiro para quem precisasse, em pouco tempo estaria novamente pedindo esmolas, não é verdade? Como não poderia deixar de ser, a recusa em emprestar dinheiro aos meus irmãos acarretou vários aborrecimentos e muitas discussões no seio da família. Recebi críticas da minha mãe por não emprestar dinheiro à minha irmã caçula. Ora, durma-se com um barulho destes! E eles nem sabiam a origem do dinheiro. Imagina como seria a coisa se soubessem...

Dei umas voltas no Rio. Fui à antiga farmácia onde trabalhei durante tantos anos. Lá estavam ainda os velhos donos. Ao me verem parar com aquele carrão em frente à farmácia, mostraram-se solícitos, mas com um pouquinho de inveja pelo meu status. Entretanto, disfarçaram muito bem. Percebendo a grande dor de corno deles, enganjento, demonstrei-lhes muita alegria em revê-los. Para alegrá-los um pouco, disse-lhes que toda aquela minha aparência não passava de ilusão.

Notei, porém, a decadência do estabelecimento e antevi dificuldades financeiras, pois o estoque estava quase a zero e a clientela parecia ter-se retraído ou até mesmo abandonado o quase secular estabelecimento, talvez por falta de modernização ou quiçá pela concorrência. Enfim, um bom observador poderia de pronto concluir estar a farmácia à beira da falência.

Depois de um papo de mais de uma hora, os sócios convidaram-me para uma conversa em particular lá dentro, no escritório. Por cortesia e educação, cedi, mas logo desconfiei qual seria o assunto. Errei por pouco. Não era para me pedir dinheiro e sim para me vender o estabelecimento. Eles se abriram comigo:

– Você sabe, nós estamos velhos e cansados e os nossos filhos não querem tocar isto. Se você quisesse comprar a farmácia, para você faríamos um bom preço e ainda facilitaríamos. Você está interessado? – indagou o sócio majoritário.

Para não dizer que não queria o estabelecimento, dei uma desculpa de uns negócios em São Paulo. Mas, disse-lhes que, em resolvendo estes problemas, iria pensar no assunto e depois telefonaria ou viria pessoalmente tratar do negócio.

Da farmácia, fui direto ao hotel Copacabana Palace, onde havia me hospedado. Em lá chegando, recebi um recado do meu pai para eu ir à casa dele urgente. Nem entrei no meu apartamento no hotel. Da portaria mesmo mandei vir meu carro e fui à Teófilo Otoni porque eles ainda não haviam mudado para o apartamento que lhes havia comprado, no famoso bairro das Laranjeiras.

Minha fortuna e a saúde de minha mãe

Ao pretender estacionar o carro, vi uma pequena aglomeração à porta da casa do meu pai. Tive mau presságio. Não errei. A minha mãe tivera um mal súbito e fora hospitalizada. Meu pai tinha ficado muito abatido. Corri ao hospital e lá estava minha mãe num corredor do hospital, jogada ao abandono, como sói acontecer nos hospitais do Brasil. Imediatamente, pedi para me levarem ao gabinete do diretor do hospital. Todavia, para este diretor me atender foi um tormento. Finalmente, depois de duas horas de espera, atendeu-me com um azedume indescritível.

Foi hipócrita, estulta, de um calundu a atitude deste diretor, quando me queixei que minha mãe não estava sendo bem tratada, jogada ali num corredor. À minha queixa, respondeu aos meus milhões, ao meu orgulho ferido, assim:

– Olhe, meu amigo, se o senhor quer que sua mãe seja bem atendida, bem tratada, leve-a daqui, interne-a numa casa de saúde particular! Porque aqui é assim mesmo, está entendido?

Estupefato, incrédulo no que acabara de ouvir, porém sabedor do desconhecimento dele sobre meus milhões depositados nos bancos deste país, disse-lhe peremptório e incisivo:

– O senhor sabe com quem está falando? (a eterna pergunta dos tolos e esnobes).

– Não sei e não me interessa saber. E não me venha com chatices que eu tenho mais o que fazer...

Mediante esta resposta, retruquei-lhe com alguns impropérios à altura dos desaforos. Como não me restava alternativa, tirei dali a minha mãe e a internei numa casa de saúde da zona sul. Passados alguns dias, ela, já melhorzinha, pediu-me para levá-la para casa. Foi então que ela me contou o porquê daquele mal súbito.

Começou por me dizer da sua grande infelicidade ao ver a vida infeliz da minha irmã caçula, a Deolinda, que tinha tido o infortúnio de ter casado com um alcoólatra. Moravam na favela, não tinham móveis, não tinha nada em casa. Era uma pobreza

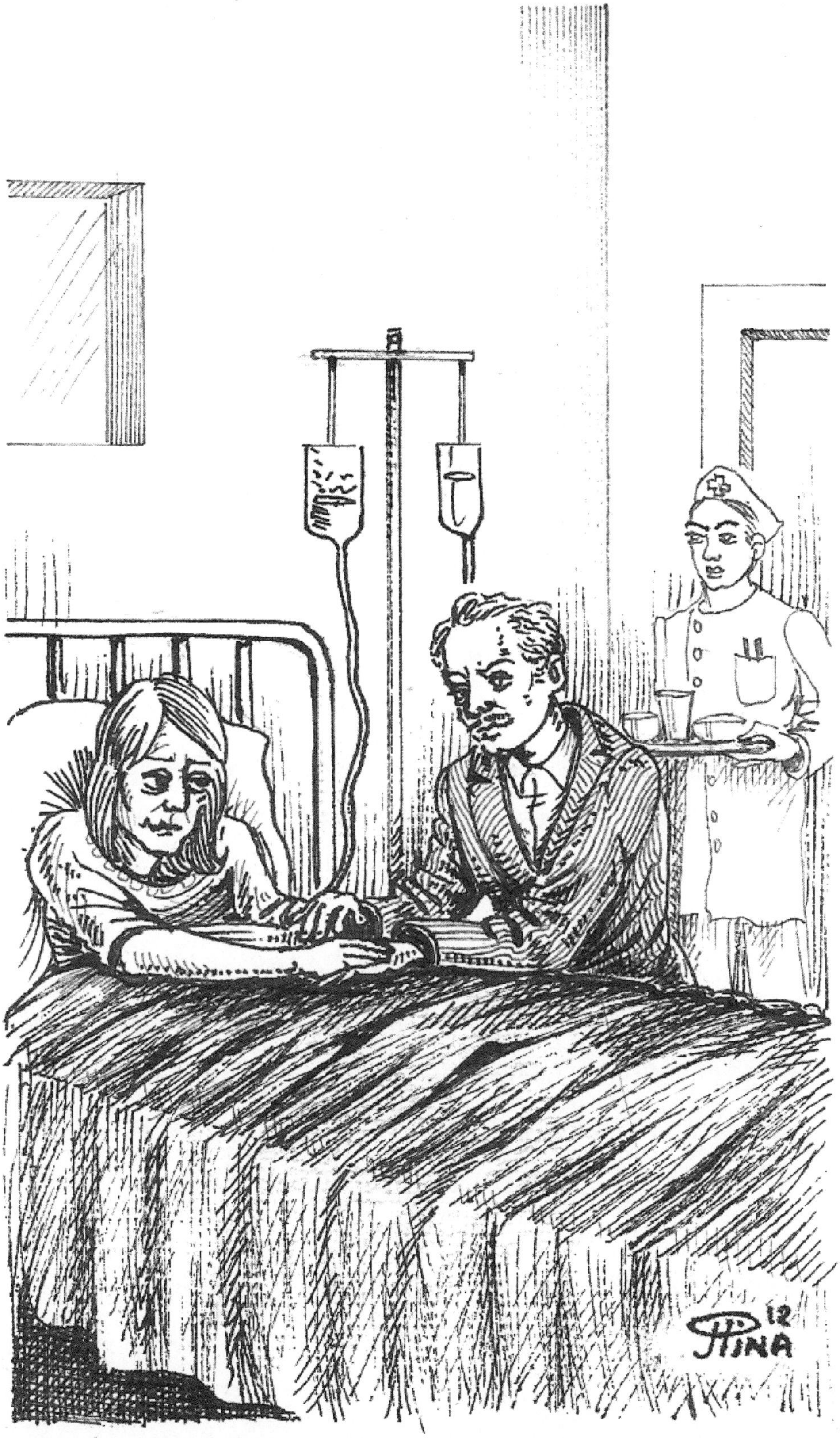
PINA 12

e uma miséria que davam dó. Os filhos pequeninos passando fome.

– Frequentemente, Deolinda vem buscar alguma comida aqui em casa para os garotos. Não fazes a menor ideia da miséria que ali vai – disse a minha mãe, com os olhos rasos de água. – Quando te pedi para ajudares a tua irmã é porque ela precisa mesmo muito, sabes!?

Quando minha mãe falou em alcoólatra, me veio à memória os meus tempos de piteireiro. Aí meu coração amoleceu. Recordei-me da miséria, das fomes e dos frios que passei. Novamente me lembrei dos meus colegas mendigos de quem subtraí os milhões depositados nos bancos. Durante alguns momentos, fiquei em devaneios e alheio completamente à conversa da minha mãe. Quando ela acabou de dizer algo em favor de eu comprar uma casinha para a minha irmã, só soltei a voz, para perguntar:

– E quanto é que custa esta casa?

– Não sei filho! Eu não percebo dessas coisas...

– Então diga-lhe para escolher a casinha e os móveis que eu pago.

Mas, dali em diante, aquelas figuras de mendigos, de gente geba, ululando e vociferando aflitivamente aos meus ouvidos me começavam a incomodar também no Rio. De nada servira estas minhas férias ali passadas no afã de abafar aquelas vozes que perturbavam a minha consciência.

Assim, começou novamente uma inquietação, um dissabor nestas minhas andanças pelo Rio. Para completar, os meus irmãos também não me poupavam críticas por não os premiar. Só meu pobre pai tudo escutava, calado, a todos pedindo juízo.

A volta à Pauliceia

Mesmo trazendo mais aborrecimentos do que alegrias, a viagem ao Rio valera a pena porque revira meus familiares e alguns amigos dos tempos de rapaz. Além do mais, demonstrei não ser um caguinchas qualquer porque tive a oportunidade de demonstrar à minha família e àqueles meus conhecidos, soberbamente, os meus vultosos milhões. Isto já era um bom prêmio que em muito me envaidecia e desvanecia...

Retornei a São Paulo, ao hotel que se tornara minha residência e para onde vinham todas as minhas correspondências, especialmente as bancárias, mas não apenas estas. Curiosamente, havia recebido algumas correspondências hilariantes. Eram estas de mulheres que de alguma maneira eu vira e talvez, por serem belas, as admirara. A esta minha admiração ensejava-as a que me escrevessem me oferecendo o seu maravilhoso seio nu, permutando-o não pelos meus lindos olhos, mas pelos meus opíparos milhões. Outras cartas propunham-me conversas em particular para a realização de miríficos negócios e outras oportunidades, sempre com vantagens para mim, segundo os dizeres das missivas. Mas quando a esmola é grande o santo desconfia, diz o velho adágio. Cauteloso, guardei as correspondências e nem dei bola para o azar. Isto é, não respondi e nem procurei saber de quem eram e nem de onde vinham.

Certa manhã, estava na piscina do hotel tomando o meu banho de sol, quando chegou um casal muito sorrateiramente perto de mim e me cumprimentou. Por delicadeza também os cumprimentei e começamos a bater papo. Depois de quase meia hora de conversa, alegre e descontraída, o sujeito alvitrou:

– Ó, senhor Ferro, estou querendo comprar um carro para presentear a minha mulher em seu aniversário, mas faltam-me dez mil. O senhor não poderia me emprestar?

Francamente, não esperava aquela proposta. Olhei bem no fundo dos olhos do homem e exclamei com ar de chalaça:

– Senhor João, mal e mal o conheço! Veja lá se tenho cara de otário! Se acha que tenho, pode contar com o dinheiro amanhã. Agora se acha que não tenho, venha buscar seu dinheiro no dia de São Nunca à tarde. Está bem?

– Se o senhor tem cara de otário ou não, isso é problema seu. Eu lhe fiz um pedido. Se o senhor entende que deve emprestar, empresta; se acha que não, não empresta e pronto! Ficamos amigos da mesma forma.

Diante deste argumento, ainda tive de pedir desculpas ao

marmanjo. Veja você até onde nós chegamos, que sociedade hipócrita esta em que vivemos!

Um outro teve o descaramento de me propor um negócio que, segundo ele, era a galinha dos ovos de ouro e consistia no seguinte: ele tinha herdado, de uma tia sua que falecera, uma propriedade no município litorâneo de Ubatuba. Pela descrição dele, tratava-se de uma encosta de morro, com uma frente, para o mar, de dois mil metros e um fundo de uns vinte metros. O preço era bom. Fomos ver o terreno. Deparei-me com uma rocha que realmente deveria ter uns vinte metros de altura, a frente devia ter a metragem que ele dizia. Vale dizer que ele estava me vendendo dois mil metros de frente com vinte metros de rocha acima. A proposição dele era para eu lhe comprar a propriedade e depois loteá-la, cujo negócio renderia um bom dinheiro, segundo sua visão. Com certa ironia, perguntei-lhe:

– E quanto você está pedindo pela gleba da rocha? – Ele roeu as unhas, mostrou-se indeciso:

– Estava pensando nuns mil e quinhentos contos! – Observando sua sandice, voltei-me e exclamei:

– Mil e quinhentos contos por dois quilômetros de rocha de frente, com vinte metros de altura. E a largura, aonde vou eu buscá-la? Você pensa que estou maluco ou o quê? O meu dinheiro não é capim para jogá-lo fora assim.

Dei-lhe as costas, peguei o carro e vim-me embora. Veja

você como tem gente só pensando em enganar os outros. Ainda bem que este me queria vender uma gleba de terra que pelo menos existia porque houve outro que se propôs a vender-me um lote de terreno na Praia Grande, com trinta metros de frente para o mar, e os fundos em Portugal. Tentou-me por todos os meios envolver-me num falatório manso e polido para ver seu eu caía na esparrela dele.

Ora, para falar a verdade, estas situações me deixavam aborrecido, contrariado e muito puto da vida. Pois, além de carregar aquela sequela do remorso continuamente comigo, sentia-me infeliz e aflito, desejoso de pedir aos céus uma expiação... Tudo isto e mais as minhas insônias pelas constantes preocupações levaram-me a fazer uma nova digressão a Portugal.

Entre bons amigos de outrora

Quando pensara em viajar, era mais para me distrair e deixar de matutar naqueles pensamentos tenebrosos que me assaltavam nas noites de insônia. Já o fato de pôr o pé no avião me deu a sensação de paz e tranquilidade indescritível. Uma serenidade invadira o meu espírito de tal modo que era como se todo o meu passado se tivesse apagado da minha memória e virado página morta. Dava-me a impressão de terem cessado todos os malditos pesadelos e minhas angústias. A viagem iniciara-se dentro de um espírito extrovertido e algo muito engraçado e inédito aconteceu.

Viajavam comigo na mesma fileira de bancos, dois sujeitos assaz engraçados e originais. Um deles era um homenzinho baixote, de meia idade, gordinho, de cabelos cortados à escovinha e muito risonho. O outro era de estatura meã, sem nenhum caráter de maior notoriedade, todavia também de simpatia extraordinária. Talvez da idade do primeiro.

Eu viajava na poltrona do lado do corredor, o gordinho no meio e o outro do lado da janela. Primeiro começaram a contar anedotas pornográficas. As aeromoças da TAP mais pareciam aerovelhas, porque tão sem graça e sem ter por onde lhes pegar, de tão feias. Estas aeromoças começaram a servir as entradas para o jantar. No cardápio constava macarrão com frango, vinho e fruta de sobremesa, café etc. O gordinho, que estava a meu lado, segredou-me:

– Olhe, vou aprontar uma para este meu colega. Espero que o amigo não leve a mal. Outro dia ele me sacaneou, agora é chegado o momento da desforra.

Acudi dizendo não me importar e nem ter nada a ver com as brincadeiras de ambos e que, portanto, ficasse à vontade. Aí ele começou a comer e a beber numa satisfação de fazer gosto de ver. Deu-nos a impressão de haver comido todo o macarrão, bebeu uma garrafa de vinho, comeu toda a sobremesa, enfim, tudo o que veio ele comeu e bebeu.

Não deu para ver como ele fez. Mas sei que escondeu um pouco de macarrão naquele saco onde os passageiros depositam os vômitos, quando lhes dá enjoo no avião. Ora, depois de se ter repimpado com exuberante refeição, ele batia com as duas mãos na pança e exclamava:

– Sim, senhor, comi que nem um cavalo! Enchi a barriga como há muito não fazia! – E batia com as mãos na barriga como a dizer da sua satisfação... De repente, começou a dizer que tinha ânsia de vômitos. Pegou o saco guardado ali no banco à sua frente e fez que vomitava dentro do saco. Corri a chamar a aeromoça. O amigo dele, muito lívido, tentava ajudá-lo de qualquer maneira. Quando cheguei com a enfermeira de bordo, ele, com a cara mais lavada, disse:

– Já passou, porra! Puta merda, a comida fez-me mal...

Depois de tudo acalmado, com a cabeça encostada no banco, de olhos fechados, fingindo que descansava, ele abriu os olhos e exclamou com admiração:

– O que aconteceu? – Quando o amigo dele ia responder, ele abriu o saco onde presumidamente tinha vomitado, começou a tirar macarrão lá de dentro e a comê-lo com uma gula que parecia não haver jantado naquela noite.

Não deu outra! Ao vermos aquela cena, pensávamos que o homem estava comendo os vômitos. Aí sobrou enjoo para nós outros. Na verdade, começamos a vomitar. E ele ria! Ria pelos cotovelos, tirando sarro da nossa cara. E nós, cada qual agarrado ao saco, vomitando, ambos de rostos lívidos, olhávamos incrédulos ao baixinho pela sacanagem que ele aprontara. Eu, que não tinha nada a ver com o caso, por tabela também paguei o pato. Depois de a enfermeira nos dar um remédio contra enjoo, e daquele mal-estar ter passado, pensando melhor na brincadeira, vimos que foi tudo uma gozação, uma diversão... Portanto, a viagem passamo-la em claro, não dormimos durante a noite até chegar a Lisboa.

Eu tinha programado ficar em Lisboa. Eles continuariam a viagem até a cidade Invicta, o Porto. Foi com imensa tristeza que nos despedimos no aeroporto da Portela de Sacavém. Eles seguiram seu destino e eu o meu!

Lisboa! Ah, Lisboa dos meus encantos, das touradas, das flores nos beirais; Lisboa dos fadistas e de tantas coisas mais! Ah!, que saudades de ver a minha terra, de olhar e admirar as gentes portuguesas! De sentir a sua urbanidade, de pisar em solo civilizado e querido. Enfim, de sentir o respeito, a dignidade, a nobreza do ser, do estar! Sentir a serenidade que desde há muito eu não sentia e que me segredava baixinho ao ouvido e ao coração. Enfim, eis-me em Lisboa!

Hospedei-me no melhor e mais confortável hotel daquela época na cidade, o Hotel Ritzz, que era inconfundível, majestoso, imponente, grandioso e de um luxo extraordinário.

Aquele resto de tarde, passei-o dentro do hotel descansando, observando os seus confortáveis salões e os seus jardins. À noite, jantei ali mesmo no restaurante do hotel. No outro dia, depois do pequeno almoço, pedi um táxi e fui dar uma volta pela cidade. Aí pude admirar com bonomia os mais nobres lugares da velha *Olisipo*. Uma das únicas cidades que saiu do mundo antigo, envolta em mistérios incensadores e lendários, passando ao mundo moderno aclamada pelas suas obras miríficas e colossais. Por ela, passaram os períodos proto-histórico, o grego, o romano e o mourisco. Passaram também os bárbaros, que subentendem os alanos, suevos, visigodos, fenícios etc., que tiveram sob seu domínio a inconfundível *Olisipo.* Os mouros também a chamavam de Lissabona ou Lixbona, antes de esta chegar às mãos e ao domínio dos portugueses.

De táxi, desci a famosa Avenida Liberdade, passando antes pela imponente estátua do Marquês de Pombal. Depois, desci os Restauradores e logo caí na famosa Praça do Rossio. Passando sob o Arco Triunfal, desci a Rua do Ouro até atingir a Praça do Comércio, onde se encontra a imponente estátua de D. José I, circundada por um conjunto de edifícios cuja arquitetura, em estilo pombalino, erigida em 1755, é algo colossal e admirável.

Dispensei o táxi para melhor observar a obra erigida pelo marquês. Em frente à estátua de D. José, fiz uma prece, como já havia feito ao pé da estátua do marquês.

Estávamos no mês de agosto. Como são lindas estas manhãs de agosto em Lisboa! O sol rutilante, cálido e dourado, iluminando as silhuetas e os frontispícios dos vetustos edifícios e esplanadas da velha cidade, dá-lhes uma tonalidade ruiva quase púrpura, de uma beleza inefável, conforme a inclinação do astro rei.

Os quiosques, as avenidas, as ruas, as esplanadas e os cafés abarrotados de gente de todas as nacionalidades, tomando lanches e pequenos almoços ao ar livre, emprestavam à cidade um aspecto alegre e faceiro. A burguesia, descontraída em mangas de camisa, cachimbava e conversava ao mesmo tempo, num arrulho inconfundível dos gentis-homens dos países nórdicos. E eu, de olho cavo, mirava-os de soslaio, cobiçando suas maneiras finas, aristocráticas e despreocupadas com o dia de amanhã. Vinha-me então ao pensamento uma indagação e uma reflexão: " *Será que esta gente nunca roubou nada a ninguém?* E uma tristeza penetrava no âmago do meu ser até as profundezas da minha alma. Depois, bem, depois me aborrecia comigo mesmo de pensar nestas idiotices, dava de ombros e tentava desviar meus pensamentos para coisas mais práticas e que menos me perturbassem.

Chega a hora do almoço. Lembrei do famoso restaurante do João do Grão e, impulsivamente, me encaminhei para lá. Tinha saudades de comer aquelas iguarias típicas dos alfacinhas, regadas a bom vinho da região de Alentejo, as quais sempre achei tão saborosas desde os tempos de rapazinho quando, ainda, em Portugal.

Saí do restaurante um pouco tonto do litro de vinho que bebera. Decidi ir até Cascais. Tomei um táxi e, beirando o Tejo, contemplei aqueles majestosos monumentos que rodeiam o inolvidável rio do qual Camões cantou as suas Tágides. Era uma tarde linda, ensolarada, onde soprava a brisa fresca da tarde, parecendo dar um imenso prazer aos turistas que, como eu, para ali se encaminharam no afã de gozarem as benesses das areias tépidas e magnânimas do célebre rio. Olhei os banhistas a se divertirem e a banharem-se nas pequenas nesgas da praia, num deleite faceto e cândido. Caminhei descalço mais um bom pedaço pela ourela ribeirinha. Que delícia, meu Deus! Oh, Vênus, protetora da lusitana gente, Deusa do amor, vede quanta ternura existe nestas águas mansas que um dia já foram abençoadas por ti.

Mas eis que, quando me dei conta, estava em frente a outro monumento de excelsa formosura: o Mosteiro dos Jerônimos. Era já um pouco tarde, mas assim mesmo ali tive uma das maiores sensações da minha vida. Ao arrepio de toda a minha modesta vida, sem grandes rasgos intelectuais, senti o meu pobre coração prender-se a uma emoção tangível quando adentrei por uma das muitas capelas do famoso mosteiro: deparei-me com os sarcófagos de Luiz Vaz de Camões, à direita, e do grande almirante Vasco da Gama, à esquerda do sarcófago de Dom Sebastião. Além destes próceres, ali também se encontravam os restos mortais de João de Deus, talvez o maior poeta lírico da literatura portuguesa, por sinal da minha terra natal. Que emoção! Que sentimento inequívoco de religiosidade se apoderou da minha alma! Posso garantir que todo aquele que tem na sua alma uma réstia do ilustre peito lusitano, ao sentir-se junto aos túmulos dos maiores expoentes da inteligência portuguesa, com certeza seus joelhos vergar-se-ão e a sua garganta sentir-se-á tomada de uma emoção tão forte que não haverá palavras nem engenho ou arte para descrevê-la.

Com um nó na garganta, fiz o meu ato de fé perante os quatro ataúdes, deixei aquele lugar vetusto, venerado por todos quantos amam os grandes heróis da pátria portuguesa. O táxi ainda me esperava no vasto largo em frente ao mosteiro. Sob forte emoção, exclamei com a voz enrouquecida: – Vamos para o Hotel Ritzz...

Minha estada em Lisboa foi assaz aprazível. Porém, estava ansioso para chegar à minha terra natal. Por isso, no outro dia arrumei minhas malas e fui para o Algarve. Por ser mais rápido e confortável, fui de táxi, afinal eu era um milionário, ainda que com remorsos pela forma como havia adquirido a minha fortuna e fazendo de tudo para esquecê-los.

Algarve dos meus encantos

Naquele dia o sol viera ainda mais quente. Não sei se foi porque tivemos de atravessar o ensolarado e desértico Alentejo ou se porque o astro rei viera mais arrasador, o fato era que o calor era infernal nas lezírias alentejanas. Todavia, depois destas planícies, eis que surgem os grandes maciços serranos que dividem as duas províncias: Alentejo e Algarve.

Eu tinha emigrado havia uns bons pares de anos. Além disso, emigrei bastante jovem, motivo que me deixava um tanto confuso porque quase nem me lembrava mais como eram os meus parentes e amigos. Confesso desde logo a minha total desambientação e até mesmo o desconhecimento sobre tudo o que me cercava porque, além das mudanças dos ambientes, havia outros fatores que me incompatibilizavam com tudo que então me rodeava. Todavia, foi só pisar no solo da minha terra e todos os meus conhecidos e amigos ficaram sabendo. Por isso, naquele mesmo dia, recebi manifestações de amizade e carinho. Todos manifestaram o desejo de me receber em suas residências para jantar. Não poderia conciliar tantas ofertas iguais. Resolvemos então irmos a um restaurante para confraternizarmos. À hora marcada, lá se juntou toda a rapaziada numa alegria contagiante. Foi uma noite cheia de discursos, lembranças e celebrações, muito vinho, patuscadas e comezainas sem fim...

Entretanto, o vinho bebido naquela noite trouxe-me à lembrança aquele dia fatídico em que os fiscais botaram fora da taberna do meu pai todo o precioso néctar de Baco. Fiquei alguns momentos reflexivo, cismando coisas antigas e as causas da diáspora da minha família, assunto que me tocou fundo ao coração. Baseado nestas reflexões e nestes tristes pensamentos, fiz um discurso de improviso para concluir aquela noitada de alegres bródios e libar saborosos vinhos com velhos amigos. Durante o discurso, tive a oportunidade de rememorar e narrar toda a minha vida pregressa (excluindo, é claro, aqueles nefastos anos de alcoolismo e de vida airada que teimava em apagar da minha triste existência, como se fosse página morta, o que jamais conseguiria).

Nos dias que se seguiram à minha chegada, devo confessar a admiração dos meus conterrâneos pela minha pessoa. Fui alvo de várias manifestações de carinho. Alguns deles me esperavam no café para ouvirem as minhas histórias fantásticas da grande cidade. Até uma mesa foi reservada com o meu nome. Nela me sentava todas as noites para contar os meus encomiásticos casos, ora hilariantes, ora dramáticos, às vezes até chulos e reles. Ali ficava batendo papo até altas horas da madrugada, em narrações enfunadas de sacanagens que eu dizia terem acontecido comigo, mas na verdade, ouvira de outros, e que para eles pareciam impossíveis de terem acontecido. Entretanto, sempre havia um ou outro que já havia viajado pelo mundo, especialmente pelo Brasil, e logo exclamava: – Tal e qual! Isso também aconteceu comigo. – Assim as minhas histórias passavam a ter credibilidade. Até que os assuntos se esgotaram e, com isso, minha popularidade também foi se extinguindo.

Poderia tirar partido desta minha popularidade quando estava no auge, mas jamais foi esta a minha forma de agir. Agora, com um mês radicado no Algarve, somente alguns amigos mais dedicados me escutavam. E foi assim que certo dia combinamos de fazer uma petisqueira na praia de Albufeira.

Naqueles tempos não havia a facilidade de locomoção que existe hoje. Condução era coisa difícil. Entretanto, havia um dos nossos amigos que tinha carro antigo. Um Dodge, daqueles calça arregaçada. Ele era um homem forte, gordalhufo, com os olhos enterrados em carne, uma cara de bolacha avermelhada, cabelo cortado à escovinha e, principalmente, comia como um alarve. Tinha uma barriga enorme, tanto que, para segurar as calças, usava uns suspensórios largos. Chamavam-lhe o Derruba, parece que era um nome de família. Contudo, quero enfatizar é que o diabo do homem tinha coisas engraçadas, muito *sui generis,* e era bastante popular.

Combinamos de fazer a tal petisqueira com duas lebres à cataplana, cinco quilos de batata, cinco litros de vinho, dois pães daqueles de quilo, à moda portuguesa. Foi num domingo de muito sol. Escolhemos um lugar não muito castigado pelo sol, pois o calor no Algarve, em setembro, ainda costuma ser fortíssimo. Procuramos uma falésia daquelas comuns em Albufeira. Ali estendemos a toalha, colocamos em cima a cataplana com as lebres e batatas. Estava uma delícia. Comemos e bebemos tudo e o Derruba ainda ficou reclamando que era pouca a comida porque, cá para nós, aquela comida distribuída para cinco, ele costumava comer sozinho. Depois de comermos, cada um procurou se divertir a seu modo. Uns foram jogar bola, outros foram passear. Eu e o Derruba preferimos tirar uma soneca.

A praia, como todos sabem, é um lugar público. Nós nos estendemos na praia mais para relaxar e descansar o corpo do que para dormir. O Derruba colocou o chapéu, que sempre usava, sobre os olhos, como a querer vedá-los. Ali estávamos, quando o meu companheiro de soneca, de repente, deu um peido. O estrondo foi enorme! Parecia mais uma bomba do que um peido. Porém, o coitado do Derruba deu azar! Pois quando o enorme estampido saiu dos intestinos do Derruba passava por ali um guarda. Aquele era um tempo de ditadura em Portugal e era proibido este tipo de comportamento em público. Ora, o policial, ao escutar aquele estrondo, achou aquilo um desrespeito a ele e, de imediato, percebeu quem tinha cometido o ato. Incontinente, dirigiu-se ao Derruba e, com o bico do sapato, tocou na botina do meu companheiro. O Derruba não esperava aquela interpelação, assim tão repentina. Afastou um pouco o chapéu que lhe tapava os olhos e uma boa parte do rosto e viu na sua frente o policial. Este, sem rodeio, foi direto ao assunto:

– Então, o que é que você está aqui a fazer?

Naturalmente, o Derruba, grande espertalhão, respondeu muito descontraidamente:

– O senhor não está vendo o que estou a fazer? Estou dormindo, ora essa. Não está vendo?

– E o peido que o senhor deu? Também estava dormindo?

– Que peido?

– Que você soltou!

– Eu?

– Sim, você. Olhe, prepare-se para pagar multa de vinte e cinco escudos. E fique calado se não quiser bater com os costados na cadeia! Tá bom?...

O guarda tirou o talão de multas do bolso e começou a escrever, indagando o nome, a morada, enfim tudo o que se fazia necessário para qualificar meu companheiro e multá-lo. Quando já estava quase tudo escrito, e a qualificação completa, o guarda indagou:

– O senhor não é o famoso Derruba?

– Sou, sim senhor! Por quê?

– Por nada! Por nada. Bem que eu já estava a reconhecê-lo!

– E o senhor vai me multar mesmo?

– Claro! Então o que espera se o senhor fica aí aos peidos aqui no meio do público?

Aí o Derruba voltou-se para o guarda e disse:

– Ouça lá! Já que o senhor vai me multar mesmo, aponte lá mais um! – E, zás, deu outro peido igual àquele anterior, ou talvez maior.

O guarda, que já conhecia as peripécias do Derruba, exclamou, rindo:

– Desta vez passa. Dê-me aí um copo de vinho e está tudo fixe!

Depois foi ao serviço ainda rindo. O Derruba também se desfazia em gargalhadas, como os olhos enterrados em carne. Mais parecia um porco, daqueles que se põe à engorda, do que uma pessoa. Foi uma tarde memorável. Ainda retenho na memória estas personagens todas, parte do meu passado já um tanto distante.

Outras histórias iguais ou parecidas se passaram comigo. Todavia, agora eu já não fazia parte deste círculo de amizades e, além disso, os meus negócios e o meu dinheiro estavam no Brasil. Precisava regressar, mesmo porque a minha família mais próxima estava em terras de Santa Cruz. Enfim, começava a me lembrar de

Rosanete e havia me esquecido por completo dos fantasmas dos mendigos e dos moleques de rua. Afastado da turbulência de São Paulo, agora me apertava a saudade e uma vontade imensa de voltar. Como continuava a ser aquela ovelha desgarrada de sempre, arrumei as minhas malas e regressei à capital da confusão...

Nunca estamos livres de nós mesmos

De longe, ao avistar-se São Paulo, nota-se como se uma auréola cinzenta envolvendo a grande cidade, uma grande quantidade de óxido de carbono pairando sobre a grande metrópole, poluindo o ar, dando-lhe características peculiares. Naquela época, havia certa dificuldade de sua enorme população viver sem ter problemas de saúde, ante a poluição. Antes dessa época, São Paulo fora uma das mais belas cidades da América do Sul. Contudo, quem se habitua a viver em São Paulo, dificilmente se acostuma a viver em outra cidade.

Já tinha tirado férias para ir ao Rio, depois fui a Portugal. Começava a me cansar desta vida inútil e vazia. Os dias corriam monótonos, tristes, morosos e difíceis de passar. Era boa e gostosa a vida de lorde levada por mim nestes tempos. Mas, de repente, vieram à minha mente os fantasmas, os mendigos, as crianças famélicas, mulheres desdentadas com carapinhas desgrenhadas, imundas. Novamente, todos vinham armados de paus e pedras, gritando e ululando atrás de mim, a me quererem linchar. Eu corria à frente deles sem ter por onde escapar, com o meu dandismo pulhesco, a vida de lorde e a transitoriedade levada dos últimos tempos. Caí estupefato num sofá de molas frouxas que estava ali num canto do salão de estar do hotel, como se fosse massa inerte e sem forças, sem pensamentos e reflexos, apenas acuado dentro da minha pusilanimidade infame. A noite não estava muito quente, porém, neste momento, as bagas de suor gotejam da minha testa. Estou pálido, não estou bem, sinto um mal-estar, um estupor incontrolável. Alguém nota a minha angústia, o meu sofrimento atroz e me pergunta:

– O senhor está passando bem?

Eu olho, parece-me ver Rosanete. Tudo são fantasmas. Não era Rosanete, mas uma senhora de uns cinquenta anos aproximadamente. Interessou-se pelo meu mal-estar. Estou confuso, balbucio algumas palavras desconexas. O meu olho está distante, turvo, parece expiação. A senhora novamente indaga:

– O senhor quer que eu chame alguém para ajudá-lo?

– Não, não, muito obrigado! – exclamei.

Como se acordasse de um pesadelo, fico cismando nos milhões tristemente depositados em meu nome e que está à minha ordem. Todavia, segundo a minha consciência, os milhões não são meus, não são dos banqueiros, não são do Estado, não são dos políticos, não são dos padres, não são da Justiça e nem tampouco dos mendigos!... São de quem, afinal? Será que são do povo? Será que são da nação? De quem são, afinal?... Tristemente pensativo, angustiado, recolho-me ao meu quarto do hotel.

Não consigo dormir. Ligo a televisão, nada me distrai! Nem o noticiário nem as trapalhadas dos humorísticos, nada. Não dá para conciliar o sono e o peso da consciência. Daí uma ansiedade me invade o coração! Chamo a portaria, digo que estou passando mal e peço um médico urgente.

O facultativo vem correndo, toma-me o pulso, detecta a pressão, coloca-me o termômetro, mede a febre. Tudo está normal. Somente a pressão está um pouco alterada: 14x9.

– O senhor está um pouco estressado – diz o médico e acrescenta: – É a vida da cidade grande, são as dificuldades do dinheiro, é o corre-corre desta loucura de São Paulo. Precisa apenas ter calma, o resto está tudo bem! Vou lhe receitar um calmante para o senhor dormir, Ok?

– Tudo bem, doutor. Posso saber qual é o calmante? Sou farmacêutico...

– É um calmante leve, não vai fazer mal. Pode ficar tranquilo.

Mandei buscar o calmante. Já passava da meia-noite quando chegou o remédio. Tomei-o conforme a receita do médico. Passada meia hora, estava dormindo. Dormi sob efeito do sedativo e, novamente, sonhei...

Capítulo VII

O sonho de um sandeu

O meu sonho desta sexta-feira foi cheio de transcendentalismo, evolando-se em premissas sobrenaturais que iam desde meu compromisso com Deus à verdade estabelecida entre este torpe pecador e o criador universal de todas as coisas.

Sonhei que tinha morrido e estava rodeado de anjos e arcanjos. Ao meu lado direito, o meu anjo da guarda segurava a minha mão, conduzindo-me ao céu, acompanhado de melodias sinfônicas executadas pelos maiores clássicos da música universal, como Wagner, Chopin, Mozart, Schumann, Schubert, Bellini e outros monstros sagrados. Deleitava-me em escutar estes hinos inexauríveis, ao fundo, enquanto meu protetor me encaminhava pomposamente a alhures distante, lindo e maravilhoso, em coxins de algodão, por entre alfombras cor de âmbar no Reino de Deus. Ao meu lado esquerdo, uma figura meio enfaruscada de cornos alçados, agarrando uma espécie de forcado, também

PINA 12

me seguia, macaqueando com seu rabo tosquiado até quase ao final do trajeto, formando ao término uma bola de lã, de certo modo grotesca e hilariante. Todavia, eu fazia de tudo para não o notar.

Demorou bastante a chegarmos. De repente, se abrem uns portões disfarçados e camuflados entre heras, avencas e outras sarças: era, finalmente, o céu...

Entramos eu e meu anjo da guarda. Naturalmente, a figura de cornos alçados, à minha esquerda e que eu desconfiava ser o diabo, não entrou. Mesmo de longe me acenava com muitas dádivas inscritas em várias tabuletas carregadas pelos seus comandados, uns diabinhos mais franzinos e toscados que aquela figura tisnada, leseira e chistosa, que nos seguia de longe após a minha morte.

Já dentro do Reino dos Céus, São Pedro, venerável e dulcíssima figura, logo nos conduziu por frondosos pomares viçosos e por imensos jardins suspensos, similares àqueles da antiga Babilônia, até que finalmente chegamos a um recinto cheio de luz, onde à nossa frente estava sentado o Senhor. Estava com a sua auréola luminosa, atrás de uma linda e larga mesa de mármore cheia de arabescos rendilhados de um metal precioso e muito brilhante, dando a nítida impressão de ser ouro cravejado com grandes e belos diamantes. Fiquei boquiaberto com tanto luxo. Jamais havia pensado num céu com tanto luxo e ostentação como vi ali. Fazia lembrar os serralhos antigos dos reis da Pérsia ou dos faraós do Egito. Os figurões do céu nada ficavam a dever também àqueles marajás indianos ou paxás otomanos, ainda mais com os serafins, investidos dumas grandes plumas de avestruz, abanando aqueles nababos ali refocilados. Naturalmente, deve ser influência.

Estavam em conciliábulo. Deus ao centro da mesa, ao seu lado direito o seu filho Jesus Cristo, à esquerda João Batista, Judas Escariotes, o Papa João XXIII, Maria Madalena, ao lado de Jesus, e mais umas quantas figuras da oposição: parece que Martinho Lutero, João Calvino e não sem quem mais. Ah, agora me recordo: estavam o padre Vieira, de um lado, e o Marquês de Pombal, de outro. Lembro-me nitidamente que, ao entrar, o padre discutia com o marquês sobre a sua presença naquele sodalício. Protestava contra a sua presença ali, acusando-o de ser ele o causador da expulsão dos jesuítas de Portugal. A discussão estava no auge. O padre Vieira, com sua verbosidade, levava de vencida o marquês. Todavia, o marquês, muito astuto, não ficava atrás nas suas arrancadas patrióticas, dizendo, defendendo-se, que os jesuítas, além de cobrarem propinas dos alunos das faculdades em Portugal, ainda levavam o dinheiro do erário, o que constituía um abuso de poder econômico e também um ato antipatriótico. O marquês suava por todos os poros e Vieira chamava, de dedo em riste, a atenção de Jesus Cristo para expulsar o marquês da reunião.

Aí o meu anjo da guarda pediu licença para me introduzir na reunião. Sim, eu no meio dos maiores próceres da Igreja Católica, fiquei ali encolhidinho que nem um caguinchas qualquer, quando todos os olhares se voltaram para mim. Sei que acabei com a discussão entre o marquês e o padre, quando as cordoveias do Pombal saltavam para foram de tanto vociferarem contra a posição antagônica do Vieira. Deus então se voltou para mim e disse:

– Meu filho, bem-vindo sejais ao Reino dos Céus! Sei que não tens te portado muito bem lá na Terra, mas isso também não é novidade. A Terra está cheia de pecadores, de homens sem consciência, safados, ladrões, de políticos corruptos, de juízes que vendem sentenças, de assassinos. A Terra está fervilhando de capadócios. Poucos são os que conseguem chegar até mim hoje em dia. Tu, apesar de te teres apoderado do dinheiro de uns infelizes, que deixastes com uma mão atrás e outra à frente, não és o pior. Tens a graça de poder chegar ao nosso Reino dos Justos. Mas ainda tens de dar muitas e boas provas do teu bom coração. Não penses que por estares na minha frente vais logo conseguir entrar em meu Reino porque aqui só entram almas limpas, puras, cândidas e ascéticas! Estás a perceber? Estás a ver? É como se diz lá na tua terra, em Portugal, embora mores no Brasil. Entendes-me, não é verdade? Olha, mas aquilo lá em Portugal também não vai bem! É como se diz, de cão a cão, poucas léguas vão!

Eu escutava calado o Divino Mestre. Olhei para meu anjo da guarda, níveo, a tremer com a boca seca, e retruquei:

– Mestre, vós sabeis o quanto tenho sofrido pelo dinheiro subtraído àqueles infelizes mendigos! Sabeis o meu torpor por ter esse dinheiro em meu poder, mas pergunto eu: no meu lugar, qual seria o caminho a tomar? Qual seria a vossa posição? Sabeis que se eu tivesse ficado com os mendigos, aqueles malfeitores me matariam! E, depois, para quem iria o dinheiro que estava em meu nome? É a pergunta que faço a este conciliábulo. E quem tiver uma resposta séria e honesta que me diga agora como deveria eu proceder ou cale-se para sempre...

– Sim, sim, filho, eu sei disso. É precisamente por saber da tua conduta que mandei o teu anjo da guarda te trazer à minha presença para pôr à prova os teus sentimentos cristãos, católicos. Daí, vamos tirar as ilações necessárias para alcançares o meu Reino. – E, voltando-se para o Papa Pio XII, sentenciou:

– Sua Santidade também está de acordo?

Pio XII levantou-se da cadeira de espaldar cravejada de brilhantes e, dirigindo o seu olhar inquiridor em minha direção, disse:

– Mestre, estamos diante dum caso de apropriação indébita, figura jurídica muito em voga nestes tempos em nosso malfadado planeta Terra. É um caso complicado porque o réu lesou mais de cem pessoas, subtraindo os parcos recursos destes, destinados à sua alimentação cotidiana. Entendo que o réu agiu de má-fé. Por isso, sou contrário que ele venha para o nosso venerando Reino.

Não me contive e, com os olhos esbugalhados de cólera, vociferei estas palavras contra aquele nariz de ratazana:

– Sua Santidade, que não é tanta santidade assim, com certeza tem mais pecados do que eu. Desde já, posso apontar alguns. Por exemplo, por que Vossa Santidade se omitiu diante do nazismo, das barbaridades de Hitler? Por que se calou diante dos campos de concentração que mataram milhares de judeus? É ou não é verdade isto que estou a afirmar? Como pode então me acusar de má-fé?

– O senhor está enganado – respondeu o nariz de ratazana.

– Estou enganado? É? Não é isso que os jornais dizem lá na Terra. São peremptórios em afirmar que Vossa Santidade se omitiu diante os campos de concentração. Os judeus estão cobrando até hoje o Vaticano por causa disso!

– Vamos acabar com acusações de ambas as partes – disse Jesus Cristo. – Isso não leva a lugar algum.

Aí, Maria Madalena também quis me ferrar. Pediu licença ao Divino para me inquirir. Naturalmente, ele consentiu. Ela, muito atrevida, "pensando que estava tratando com algum trouxa ou analfabeto, só porque eu estava encolhido num canto, mal trajado, parecendo um geba", afirmou de seu pedestal, altissonante:

– Mestre, este homem não é digno de estar entre nós porque andou cometendo muitos pecados carnais lá na Terra. Andou com uma porção de mulheres ao mesmo tempo, não respeitou as casadas nem as solteiras. É um homem sem pudor, que ficava espiando, pelos buracos das portas, as mulheres tomarem banho, frequentou bordéis e outros lugares suspeitos e fez outras coisas mais. Por tudo isso, o meu voto é contrário.

Apalermado com o descaramento daquela mulher que tinha sido prostituta e dona de prostíbulo, voltei-me para ela com raiva:

– Olha só quem se atreve a me censurar! Então, você foi dona de bordel, prostituta, cafetina até conhecer aí o seu amante que está a seu lado, e agora tem o desplante de falar da minha vida sexual. Que atrevida! Olha, esperava censura de todos nesse sentido, menos de você, que é um exemplo fraco, um ícone de má referência para os meus pecados. Nesse sentido, você foi trinta vezes pior do que eu. E jogue a primeira pedra aquele que não fez das suas lá na Terra. Duvido que algum desses prelados ilustres não tivessem feito as suas sacanagens, os seus bacanais lá na Terra!

Ela também se calou porque Jesus, a seu lado, deu-lhe um puxão de orelhas, dizendo:

– Não falei para você ficar calada? Quem fala o que quer escuta o que não quer! Está vendo, podia muito bem dormir sem essa! Você sabe que quem tem telhado de vidro não pode atirar pedras para o alto, não sabe?

Vermelha como um pimentão, ela escondeu o seu rosto entre as mãos porque não tinha onde pôr a cara depois do que eu lhe disse ali na frente de todo mundo, inclusive de Deus. O Marquês de Pombal ria pelos cotovelos das minhas respostas firmes e precisas. Aí chegou Judas Escariotes, muito próximo e disse:

– Com esse aí, eles não fazem farinha não. Ele sabe a vida pregressa de todos quantos estão aqui. Nenhum de vocês leva a melhor com ele. Não duvido que até o Divino Mestre não leve uma resposta daquelas se se meter a besta com ele.

E balançava a pança com as risadas cálidas, sonoras e sagazes, como só o marquês sabia dar. Mas o padre Vieira levantou-se do seu pedestal e, como a querer me acolher, exclamou impetuosamente:

– Senhor! Antes de tudo devo esclarecer a este Concílio que não é do meu feitio cometer injustiças. Não é da minha índole ver prosperar o verdugo lancinante sobre alguém que não o mereça. Eis porque não me contento em ciciar, como estão fazendo sobre o julgamento do moço em causa. Ele merece de nós o respeito, o carinho e a acolhida mais coonesta. Merece de nós o apoio indefectível e inexaurível aos cidadãos de bem e a condescendência que costumamos dar aos justos. Porque ele, durante grande parte de sua vida terrena, fez um trabalho mirífico e extraordinário, como foram sempre as suas intenções. As vestutíssimas razões dele para abandonar aqueles miseráveis e pífios, cujo dinheiro deles tanto o acusais de ficar, foram mais do que justas. São inefáveis os motivos que o levaram a abandonar aquela ingloriosa missão. Posto isso, peço e dou o meu veredicto pela sua absolvição total.

Do alto de seu pedestal, Deus roía as unhas, retorcia as suas belas e sedosas barbas níveas e, cravando o seu olhar penetrante em mim, parecia estar absorto em pensamentos eivados de desconfiança, como se eu, com meus milhões, houvesse contratado o melhor orador de todos os tempos para me defender. Vagarosamente, com o dedo indicador no meu nariz, disse:

– Olha aqui, ó canguinhas! Se eu souber que o padre Vieira recebeu algo teu para te perdoar e induzir nós outros ao mesmo pecado, vou incontinente entregar-te ao diabo! Porque no meu Reino não há lugar para trapaceiros ou charlatães, entendeste?

Aí eu não me contive. Primeiro porque ele me chamou de canguinhas e depois porque me chamou de trapaceiro e charlatão. Não me contive e descarreguei as minhas baterias em cima do Divino. Acho que ele nunca escutou tantos e tão grandes desaforos como os que lhe disse:

– Eu entendo merecer mais respeito da parte do Senhor. Não sou trapaceiro nem charlatão e muito menos aquele outro nome pelo qual me chamou no começo. Quanto ao dinheiro de

que me acusam de ter roubado dos mendigos também não foi bem assim. De mais a mais, o Senhor é que é o grande culpado de toda essa confusão! Se não, vejamos: Quem é que distribui as riquezas? Quem é o dono todo-poderoso de tudo? Quem é que sabe de tudo o que se faz lá na Terra? Quem distribui a justiça? Quem é que mata? Quem é que dá a vida? Quem é que constrói? Afinal, se o Senhor tudo manda, por que manda fazer o mal? Acho que o Senhor está mal assessorado e deveria escolher melhor o seu conselho de ministros! Se há gente muito pobre, de um lado, e muito rica, de outra, a culpa não é minha! Se alguém pode ser culpado por todas as desgraças da Terra, essa culpa é do Senhor, não minha! Portanto, não me venha cá com lengalengas a atribuir-me todas as culpas por ter ficado com o dinheiro daqueles miseráveis. E tem mais: o Diabo está louco para me levar para o seu Reino! Tanto isso é verdade que, na minha viagem para cá, durante todo o trajeto, me acenou com promessas mirabolantes, através de cartazes, para ir ao Reino dele, onde não faltam pessoas que conheci na Terra e, segundo me consta, estão muito bem e onde não existem hipocrisias como estas que estou vendo aqui. Portanto, o Senhor é quem sabe! Para mim, tanto faz como tanto fez!

– Oh, meu filho, não se ofenda. Eu estava brincando. Desculpe pelos nomes, vamos perdoar-lhe tudo. Fique conosco. Você é uma boa alma e tem direito de estar do lado dos Justos.

Visto os seus inquestionáveis conhecimentos, vamos elegê-lo Ministro Julgador das Almas. Mas tenho de pôr esta minha decisão em votação para a proposta ter validade. Aceita?

Quando o Divino ia pôr a proposta em votação, acordei! Com uma dor de cabeça horrível. Levei uma noite inteira a sonhar e aquela dor horrível se impregnou em mim tão obstinadamente que não me deixava pensar. Não sabia o que fazer! Então toquei o interfone para a portaria do hotel. Uma voz suave e delicada atendeu prontamente e perguntei:

– Que horas são?

– Quinze para o meio-dia.

– Por favor, passei uma noite horrível, poderia mandar-me aqui ao meu apartamento uma comidinha leve? Uma sopa, por exemplo.

– Sim, senhor! Vou comunicar aos serviços da cozinha.

– Muito obrigado! – disse eu e continuei amalhado debaixo dos lençóis.

A vida depois da morte

O sonho de haver morrido não foi tão mau como se possa imaginar. Não apenas porque fiquei em pé de igualdade com toda aquela elite eclesiástica, como também porque constatei que os meus pecados não eram tão graves como imaginava. Na verdade, lá no céu havia gente com mais e maiores pecados do que os meus. Dir-se-ia que o medo de não obter a salvação eterna era coisa do passado, página virada. O meu problema jungia-se agora à minha situação enquanto ainda estivesse na Terra. Estes pensamentos eu os tinha mesmo depois de acordado, eram circunvoluções que continuavam pragmaticamente no meu subconsciente. Mas eram fortes as dores de cabeça simultaneamente àquela confusão de ideias e imagens confusas que ainda retinha depois de acordar. Os devaneios derivados do meu estado de fraqueza continuavam a me convencer da veracidade daquele magnífico sonho.

Na verdade, só acordei com o repenicar da campainha do quarto, quando a garçonete me veio trazer a sopa que eu pedira encarecidamente.

Tentei levantar-me da cama, não consegui. Uma tonteira tremenda se apoderou de todo o meu corpo. Era a fraqueza, o estado de torpor do meu espírito. Sentei-me na cama com ajuda da garçonete. Tomei a sopa. Depois, consegui me levantar. Fui olhar-me no espelho. Tinha o semblante esquisito de uma avantesma. Não parecia eu tal era o meu estado de debilidade, mal me sustinha em pé. Pensei verdadeiramente na aproximação da morte, pensei ter chegado o meu dia de juízo final!

Então, pedi novamente a presença de um médico. Confesso agora o medo de morrer que tive. Fiz novamente uma prece a

Deus. Precisei dele, daquele mesmo Deus com quem, momentos antes, havia discutido. E havíamos divergido! Precisei, antes mesmo da chegada do médico, do socorro humano. Eis que o Deus Onipotente e Onisciente, com seu dulcíssimo amor e altíssimo poder, veio mais uma vez aliviar, com sua benevolência e compaixão, aquele ingrato que ousara desafiá-lo, repreendê-lo e contestá-lo.

Entretanto, preciso confessar o meu engano: agora eu não estava sonhando. Os meus olhos estavam bem abertos e aquela figura venerável do Senhor Deus, com o qual havia sonhado, não ostentava nenhuma riqueza ou soberba, nem impunha nenhuma expiação! Pelo contrário, vinha de pés descalços, com seu manto branco, simples como se fosse um reles lençol enrolado no corpo, com seu grande bordão de alfarrobeira, descascada do meio para baixo pelos cães, e sem mais nada que se possa mencionar aqui. E, naquela hora de tanta angústia, me prometeu o seu Reino dos Céus, sem nenhuma exigência ou impertinência. Ver aquela impoluta e singela figura me prometer o seu Reino foi a coisa mais gratificante para mim, o melhor prêmio que eu poderia ter ganhado naquele instante de tamanha ansiedade para mim.

De arrependimento, chorei copiosamente de tanta emoção e carinho do Senhor para comigo. Foi justamente nesta altura que o médico bateu à porta do quarto e, espantado de me ver naquele vale de lágrimas, exclamou:

– O que é isso, meu amigo? O que lhe fizeram? Por que chora assim tão desesperadamente? Não está melhorzinho?

Limpei os olhos e o rosto com um lenço de papel. Com um tremor na garganta, quase sufocado, disse com alguma ambiguidade e incerteza:

– Acabei de conversar com Deus. Ele saiu daqui assim que o senhor entrou! Estávamos conversando sobre o meu caso, os meus pecados!

– E que lhe disse ele? – interrogou o médico, espantado com um sorriso maroto nos lábios.

Naturalmente, suponho eu, com esta minha conversa, o médico pensou logo que eu tinha pifado ou pirado, para ser mais claro.

– Disse-me, entre outras coisas, que o Reino dos Céus me estava garantido.

– Ora, aí está! Se o senhor tem o Reino dos Céus garantido, para que tanto desespero! Por que chora tanto desse jeito?

– Por que choro, indaga o senhor doutor! Choro porque eu gostaria de ficar aqui na Terra mais uns tempos! Mais uns aninhos, era isso!

– Quem foi que lhe disse que o senhor não pode ficar mais uns tempos aqui na Terra? Quem? Pois se alguém lhe disse uma coisa dessas, no mínimo está faltando com a verdade! Pelos meus prognósticos, o amigo ainda vai ficar aqui na Terra por uns bons pares de anos. É só seguir o tratamento que lhe vou receitar que pelo menos de uns quinze ou vinte anos eu garanto. Tá bom? Ou quer mais?

– Verdade? O senhor jura que com um bom tratamento, eu ainda consigo ficar aqui com os meus amigos mais uns pares de anos? Jura? O senhor fala sério ou está querendo mangar comigo?

– Claro que falo sério – disse o médico. E, pegando uma receita escrita com letras rabiscadas que mal se percebia o que nela continha, entregou-ma, dizendo:

– Siga direitinho esse tratamento e você verá se é ou não é verdade o que lhe estou falando!

Trêmulo e quase chorando novamente, agradeci ao médico, emocionado. Uma nova esperança renasceu em mim. Só faltou beijar-lhe as mãos de tanta veneração. Parecia mesmo que o médico tinha substituído aquele Deus da visão do meu fantasmagórico sonho. Enchi-me de uma idiossincrasia álacre, contagiante. Na mesma hora, levantei-me como se não tivesse nenhuma doença e fui até a portaria.

Convém lembrar que a minha aparência era mesmo de doente. Realmente, eu tinha perdido as cores e a palidez de cera do meu rosto identifica-me mais com um finado do que com um ser vivo. Quando os rapazes da portaria me viram amarelo daquele jeito, logo se acercaram de mim e me perguntaram:

– O senhor Ferro está bem? Necessita de alguma coisa?

– Por quê? – indaguei admirado.

– O senhor está tão pálido! Pensamos de não estar se sentindo bem!

– Passei muito mal à noite – disse – mas agora já estou me sentindo melhor. Preciso ir à farmácia comprar uns remédios que o médico me receitou!

– Não, senhor! O hotel manda o motoqueiro comprar. Não precisa o senhor se deslocar à farmácia. É só entregar a receita e eles se encarregarão de tudo. O senhor pode ir descansar no seu apartamento. – Disseram os rapazes da portaria.

Na verdade, eu estava transfigurado, conforme eu me havia observado ao espelho do banheiro logo de manhã. Mas as palavras do médico tinham surtido em mim tal estultícia que me arrumei para comprar tais medicamentos. Naturalmente, uma imprudência da minha parte motivada pelos exageros dos fantasmas que me atormentavam dia e noite.

Conflitos e remorsos sem trégua

O meu descontrole nervoso, o desequilíbrio emocional, os fantasmas daqueles sonhos, os conflitos entre a minha consciência e os pesadelos dos remorsos de ter ficado com o dinheiro dos mendigos gritavam mais alto em meu subconsciente. Pensei novamente naquelas minhas defesas inefáveis para me desculpar das artimanhas forjadas no fundo do meu íntimo, da minha alma, nas profundezas do meu ser, para justificar o ato de ter me locupletado do dinheiro daqueles desgraçados e infelizes que, durante muitos anos de sacrifício e penúria, conseguiram angariar os milhares de contos de reis que vieram parar às minhas mãos e aos meus bolsos, numa manobra ardilosa, sob o lema de que quem ajuda aos pobres empresta a Deus. Todavia, confesso que não encontrei eco, desta vez, em todos aqueles argumentos e sentimentos ordinários que anteriormente eu evocara com o intuito de me beneficiar da fraude que tramei no intuito de ficar com os cobres.

Mais que nunca, agora, me via desgraçado, inconsequente e insensato. Mais do que isso, julgava-me sob suspeita de ser um indivíduo inescrupuloso, um lazarento qualquer, com todos aqueles milhões nos bancos à minha disposição. Enquanto os que verdadeiramente mereciam tê-los passavam frio, fome e sede na rua da amargura. Foram momentos terríveis e sórdidos estes, quando a luta se travava dentro de mim. Porque, num desespero sôfrego, não sabia ainda discernir com precisão a diferença entre o Bem e o Mal, quando fiquei idiotamente embasbacado.

Vacilei, abjurei sobre estes acontecimentos tão controvertidos a ponto de me comparar ou de me sentir igual a Nelson Rodrigues, que se dizia "um idiota da subjetividade", procurando equidistância entre o fel de Cassandra e o mel de Pangloss. Por isso, procurei muitas vezes o silêncio da minha consciência sobre esta minha maneira de sentir. Enfim, toda uma sensibilidade invadia meu espírito até as profundidades do meu princípio imaterial.

Mas, de repente, como se tivesse acordado de uma realidade virtual, com os punhos cerrados, irado, cheio de raiva e exacerbando, exclamei:

– Ó, tu, ignóbil consciência! Oh, tu maldita e infame das infâmias! Por que me persegues, me martirizas e me importunas? Se é o meu ouro, se são os meus milhões, se é enfim o meu conforto material que te incomoda, que leve tudo à breca! Que vá tudo para o diabo que o carregue! Entregá-los ei hoje mesmo ao raio que os parta! Que Deus me livre de toda essa fortuna e me restitua a paz e me dê a tranquilidade de voltar a trabalhar na Pharmacia Centro...

Exausto, suando e fraco, desmaiei. Quando acordei, estava no hospital com o que me pareceu, assim de relance, uma junta médica ao meu redor. Por alguns momentos, perdi o nexo ou a conexão dos meus pensamentos, quando exclamei, atônito:

– O que estou fazendo aqui no meio desta gente toda vestida de branco? Por acaso estou no céu?

– Não, meu amigo, o senhor está entre médicos – disse uma voz soturna naquele ambiente níveo, sob uma luz difusa, que me parecia vir de longínquos e extraordinários palustres de entre as planícies dos Ganges e a base do Himalaia, nos confins da milenar Índia.

Tentei apalpar-me para sentir se estava vivo. Ao tentar levantar a mão direita, senti que estava preso à cama. Tentei também a esquerda. Aí entendi que estava amarrado, isto é, numa camisa-de-forças. Naquela hora, eu vi aquelas caras com seus barretes brancos ao meu redor, em confabulações, em rumores e conversas imperceptíveis e esquisitas. Senti que estava sendo observado como se fosse um doente mental ou um louco...

Ainda perguntei mais uma vez por que estava ali. Os médicos entreolharam-se. Aí um dos médicos, com uma barba preta cerrada, salpicada com alguns fios brancos, numa cara redonda, com uns óculos também redondos, disse-me com uma voz grossa, sem rodeios:

– Senhor Ferro! O senhor está sendo observado porque teve uns espasmos ontem à noite no seu apartamento do hotel. É só isto! Está sob observação, entendeu?

– E por que raio eu estou amarrado à cama?

– É só por uma questão de cautela – disse o médico enfaticamente.

– Ah, já sei! Os senhores acham que estou louco, não é isso? Pois se é isso que me estão imputando, por que não me mandaram para o Rio de Janeiro, para a casa da minha mãe? Lá pelo menos estarei sob a guarda dos meus familiares.

– E o senhor sabe onde mora a sua mãe? – indagou um dos médicos ali debruçados sobre a cama.

– Claro que sim! Se eu lhes comprei uma casa para eles morarem! Como não haverei de saber?

– Vamos ver. Se o senhor se restabelecer, pensaremos nisso. Por enquanto, o senhor precisa se acalmar, repousar. O senhor está muito nervoso, muito estressado – disse o barbudo. Confabulando com outro que estava a seu lado, ordenou:

– É melhor soltar-lhe as mãos, não acha?

– Acho que sim. – Aí me desamarraram. Senti-me mais aliviado, como um passarinho fora da gaiola. E mais uma vez pedi para me tirarem dali. Todavia sem sucesso.

A fuga

Finalmente, entendi que era um prisioneiro. Percebi, enfim, que era refém das minhas perturbações mentais e dos gritos frenéticos que dei no meu apartamento do hotel, cuja histeria redundara no meu apresamento naquele ergástulo onde me encontrara. Os meus delírios e alucinações deveriam ter causado tanto espanto e admiração no pessoal do hotel que eles resolveram chamar o meu médico. E este deve ter pensado que eu tivesse enlouquecido e me mandou para aquela malfadada casa de saúde onde me internaram. Porém, posso garantir que não estava louco nem doido. Tudo isto se deveu a um forte esgotamento nervoso, um estresse muito forte, descontrolando-me completamente, conforme me explicaram os médicos quando estava amarrado à cama.

Mas eu não estava certo de que os médicos não iam novamente me amarrar àquele maldito leito. E, mesmo fraco, quando todos me julgaram de eu ficar ali pacificamente à mercê dos psiquiatras, aleivosamente fiz que adormecera. Quando eles se foram embora, lobriguei uma pequena janela semifechada que dava para um quintalão ajardinado cheio de árvores frondosas. Atirei-me pela janela, caí lá com os costados na relva. Vestido de pijama e de chinelos, corri para o outro muro, também um pouco alto, trepei-o e saltei para a rua. Para sorte minha, passava ali um ônibus. Corri até o ponto de ônibus.

Vestido como estava, sem dinheiro e nem documentos, peguei o primeiro ônibus que apareceu e fui sentar-me no último banco. Nestas condições, todos os passageiros me olhavam com certa desconfiança e eu naturalmente disfarçava o mais que podia esta minha situação humilhante. No ponto final do ônibus, fiquei muito nervoso porque não tinha dinheiro para pagar a passagem. Esperei todos descerem e depois me acerquei do cobrador e expus a minha situação. O homem ficou uma fera comigo, furibundo da vida, e ameaçou me entregar para a polícia e disse-me um monte de desaforos, o diabo! A muito rogo, consentiu que eu descesse. Ainda tentei pedir-lhe dinheiro para ir até o hotel, mas ele não foi na minha conversa. Deu uma risada de escárnio e nem acreditou em mim.

A casa de saúde ficava entre o Morumbi e Santo Amaro. Por casualidade, eu fiquei para os lados de Santo Amaro, justamente fui parar no Largo 13 de Maio. Não sei precisar as horas, mas com certeza já passava das onze da manhã. De pijama e chinelos, andando pelas ruas da cidade, eu dava a impressão de ser algum débil mental. Todavia, isso era o que menos me incomodava. O problema era como chegar até o hotel. Nesta indecisão, fui procurar um ônibus que me quisesse levar até o Morumbi, nada consegui. No ponto de táxi ninguém me quis levar com viagem a cobrar, ninguém acreditava em mim, era uma pessoa completamente desacreditada. Telefonei a cobrar para o hotel e mandaram um táxi me buscar.

Estava eu esperando o táxi, quando vejo surgir uma ambulância da casa de saúde. Imediatamente, escafedi-me no meio daquela gente e fiquei de longe observando os gajos da casa de saúde me procurarem no lugar indicado. Como não me encontraram, foram embora.

Esgueirei-me por uma rua tortuosa, cheia de árvores frondosas. Sozinho, sem ter a quem recorrer, rugi com furor contra a perseguição tenaz da minha consciência. Agora eu sentia na minha carne o desespero de não ter um pedaço de pão para comer, de não ter uns trocados para chegar até o meu hotel, onde o meu ouro jazia incólume ao meu estado de saúde e a minha formidável fortuna se materializava nos meus talões de cheques. Aí eu gritei, blasfemei, praguejei contra aquela tortura impiedosa.

– Oh, vós, abominável consciência! Oh, vós, questão social desprezível! Oh, vós, turba de famintos, piteireiros que me perseguis! Não tendes vós dó deste pobre de Cristo? Oh, Deus onipotente, tende piedade de mim.

Em vão esperei uma resposta. Nada escutei, absolutamente nada, a não ser o eco da minha voz ao longo de um grande jardim e o arrulhar de um casal de rolinhas no cimo da copa de uma árvore...

Caminhei, andei por ruas e vielas sem fim. Cansado, exausto, vi uma bela sombra de uma frondosa árvore com uma linda e fresca alfombra por baixo. Deitei-me a descansar um pouco. Adormeci. Quando acordei, estava dentro da ambulância da casa de saúde. Mais uma vez berrei, praguejei, abjurei contra esta situação que, ao final, era contra a minha vontade.

Os eleitos por minha fortuna

Cheguei à casa de saúde. Pedi para falar com o diretor. Nesta altura, eu não estava mais amarrado. Uma moça muito bonita me levou à sala dele. Qual não foi meu espanto ao dar de cara com um médico que, nos tempos em que fora vendedor de remédios, fora meu cliente. Estava um pouco mais gordo, mais calvo, mas mantinha as mesmas feições, os mesmos jeitos e trejeitos. Naturalmente, o reconheci logo. Ele demorou mais um tempo a certificar-se de quem era eu, mas depois me reconheceu. Começamos a bater papo até chegarmos ao assunto de meu interesse naquele momento. Esclareci-lhe que me foram buscar no hotel pela simples presunção de que eu estava louco, coisa que não admito em nenhuma hipótese.

Ele então mandou buscar o meu prontuário a fim de se certificar sobre qual era o meu estado de saúde e sobre as razões de eu ir parar naquela clínica para doentes mentais. De posse das informações dos médicos, ele chegou à triste conclusão de eu estar com algumas perturbações e começou a me perguntar algumas coisas da minha vida.

Eu não poderia escamotear a verdade, não poderia negar aqueles anos todos de bebedeiras e de uma vida airada que havia levado. Quando acabei de relatar este meu passado nebuloso, ele voltou-se para mim e disse:

– Ora, aí está! Naquele tempo o meu amigo maltratou o seu corpo, a sua mente a sua saúde. Enfim, maltratou a si mesmo! Agora, estão aparecendo as consequências, nada mais natural, entendeu?

– Quer o senhor dizer que estou louco?

– Não, não é bem isso que estou a dizer! Estou a dizer que o senhor abusou muito da sua saúde quando era novo. Naturalmente, agora vão aparecer aquelas sequelas desses abusos! As perturbações que o seu estado de fadiga apresenta, o seu quadro clínico geral aqui observado é consequência desses tempos de orgias, entendeu? Mas o amigo não está demente. Contudo precisa de um tratamento intensivo.

Não obstante o diretor do hospital me dizer que o meu estado de saúde não era assim tão grave, fiquei triste e ainda mais perturbado. Certa hora tive novamente uma crise nervosa igual ou pior do que aquela que tive no hotel. Achei-me como se estivesse à beira da loucura. Fiz um fuzuê dos diabos. Foi preciso os enfermeiros me vestirem novamente uma camisa-de-força e me amarrarem à cama, quando me deram um calmante muito forte.

Passei vários dias delirando, quase não comia. A muito custo, os enfermeiros me faziam engolir alguns alimentos líquidos. Depois passei a soro. Quanto maior era a fraqueza, maior era a depressão, o meu desespero.

O meu estado de saúde começou a piorar. Fraco como estava, sentia estiolar-me a cada dia que passava. Chegou a uma altura em que já não tinha forças para reagir, ainda que por vezes tivesse alguns lampejos fugazes de lucidez. O meu estado mental parecia degenerar quando ficava totalmente parado numa idiotice babélica.

Tinha percepção da minha fortuna, sabia da existência do meu ouro e exatamente quantos milhões tinha no banco. Mas não a noção de serventia de todos estes haveres porque foram eles a causa do meu mal, das perdas das minhas faculdades mentais e mais, a causa da minha falta de discernimento em saber distinguir entre o Bem e o Mal.

Lembrava-me delirantemente de uma definição do escritor português Albino Forjaz Sampaio, autor de *Palavras Cínicas:*

– A honra é uma fórmula. É pagar uma letra no seu prazo com dinheiro que se ganhou a traficar escravos; é ser torpe sem que ninguém o diga, é roubar sem que o roubado o acuse.

Em minha febre, todos sabiam do meu crime (embora ninguém o soubesse, exceto todos os que participaram daquele concílio celeste imaginário). Martelava-me então um aforismo recorrente: *Nunca cobices ou te apoderes do dinheiro de ninguém, em especial, daqueles mais pobres do que tu...*

Sinto-me perecer, finar. O meu estado de saúde é irreversível. Não deixo testamento, pois no estado em que me encontro, ninguém, em sã consciência, lavrará testamento de um debiloide, mesmo porque alguém poderá alegar o meu estado de interdito e inconsequente. Acho que os meus milhões irão parar às mãos do Demônio porque Deus não aceitará um dinheiro amaldiçoado como o meu. Com certeza, os banqueiros irão repimpar-se ao se locupletar da minha fortuna. Entendo que os banqueiros são os Demônios materializados, os homens que se travestem de diabos. Eles devem ser, portanto, os eleitos para ficar com os meus milhões. Para eles não há consciência, não há remorso nem sentimento de culpa, não há sentimento de dever nem de moralidade. Para eles só o dinheiro tem valor, venha ele de onde vier e da maneira que vier. Não há dinheiro honesto nem desonesto, é tudo igual. Como eles dizem: o dinheiro não tem nacionalidade.

Pelas razões acima expostas, as quais me são mais do que suficientes e até óbvias, e por observar a maldição que me serviu de grandes expiações quando auferi esta amaldiçoada riqueza, lego-a, peremptoriamente, ao Diabo... E que lhe faça bom proveito.